公爵家に生まれて初日に
跡継ぎ失格の烙印を押されましたが
今日も元気に生きてます！ 3

小択出新都

Otaku de Neet

JN089905

RB

レジーナ文庫

登場人物紹介
カシミア
気弱な平民の生徒。
何か人には言えない
悩みがあるらしく……
失格
パイシェン
水の侯爵家の令嬢で、
エトワの大好きな先輩。
名門貴族の子が集まる
桜貴会《おうきかい》を仕切っている。
エトワ
風の公爵家の令嬢。
魔力が少ないせいで
跡継ぎ失格の烙印を押された。
元は普通の日本人で、
超マイペースな性格。
天輝《てんき》
エトワの能力の大半が
封じられた剣。
渋い男の人の声で
アドバイスしてくれる。

エトワの護衛役を務める
跡継ぎ候補の子供たち
スリゼル
とても大人びた少年。
失格令嬢のエトワにも
丁寧に接してくれる。
クリュート
キザな腹黒少年。
エトワのことを馬鹿に
しているけれど……？
ミント
いつも無表情で
人形のような男の子。
魔獣使いの才能がある。
リンクス
赤毛のツンデレ少年。
仮の主《あるじ》である
エトワに片思い中。
ソフィア
可愛くて優しい
天使のような女の子。
エトワを慕っている。

目次

公爵家に生まれて初日に
跡継ぎ失格の烙印《らくいん》を押されましたが
今日も元気に生きてます！3

第一章　エトワにお願い券

魔族ヴェムフラムの襲撃から一週間後の話。

この国の第一王子ゼルは、父王の部屋の前で硬い表情で立っていた。

ルヴェンドに戦力を傾けすぎたことによる、クラクの防衛の失敗。第三王子アルセルの努力のおかげで、人的被害は少なかったものの、その失敗は確実にゼルの評判を下げていた。

国民からは、ゼル殿下は王位を継ぐにはふさわしくないのではという声があがっている。あらゆる資質に優れ、人気も高い第二王子が継ぐべきだと。そんな中、父から呼び出しがあった。

「お入りください」

侍女に呼ばれて部屋に入る。ベッドに臥《ふ》せった父が何か言う前に、ゼルは頭を下げる。

「も、申し訳ありません、父上。このたびの失態は必ず挽回してみせます」

父王は優しい声音《こわね》で、しかし失望を含んだ表情でゼルに「座りなさい」と言った。ゼルは緊張した面持ちで椅子に腰をかける。父王はため息を吐《つ》きながら言った。

「今回の魔族は相当に強力な相手じゃった……。対応は難しく、被害が出ても仕方ない事件だったとわしは思っておる……」

「その通りです！　まさかあそこまで強力な魔族の集団とは……」

言い訳を始めるゼルの言葉を、国王は静かな声で遮《さえぎ》った。

「それでも主要都市にきちんと足止めできる人材を振り分けておき、飛空船《ひくうせん》を準備し流動的に戦力を送れるようにしておけば被害は抑えられたはずだ……」

「はい……」

「しかし、問題はそれ以前のことだ……。お前は民を守るためでなく、自分の武勇を示すために戦力を使おうとした……。どんな結果であれ、評判は下がったであろう」

その言葉にゼルの額から汗が噴き出す。

「わ、私は……王家のためにそうしたのです……。決して私欲からではありません……」

国王はどこか悲しげに首を振って、ゼルに諭《さと》すように言う。

「確かに王家の力のなさを憂《うれ》うお前の気持ちもわかる。我らの最後の力、十三騎士《じゅうさんきし》もその忠誠を保証するものはどこにもない。彼らはただ取り立ててもらった恩義から我らに従ってくれているだけだ」

国王の目元は優しげでありながらも、王座に座る者としての苦労を示した皺《しわ》が刻まれていた。

「この国を本当の意味で支配しているのは四公爵《よんこうしゃく》、そして彼らに従う貴族たちだ。そんな彼らも貴族だけでは生きていけない。民が彼らの生活を支えているから生きていける。四公爵と傘下《さんか》の貴族、そして民たちが我らを王と認めてくれているから、我らは王でいられる」

国王は深く穏やかな声で、ゼルに問いかけた。

「ゼルよ。そんな弱い王家では不満か？　考えの違う四つの家と、その下に集《つど》う貴族と民。それらが一つの国としてまとまるために、ただそこに在《あ》る、そんな王では満足できぬか？」

「…………」

国王の問いかけにゼルは答えられなかった。父の言葉に強い説得力を感じながらも、まだ若い彼には現状を変えたいという思いが、少なからずあった。

「王家を磐石《ばんじゃく》にしたいと思うなら、空虚《くうきょ》な権勢を誇示し尊大に振る舞うのではなく人々の信頼を得るのだ。そしてシルフィール家とは良い関係を築きなさい。彼らが味方でいてくれたから、王家は幾度もの危機を乗り越えることができた。そのために彼らはいくつもの犠牲を払ってくれた……」

国王は目を瞑《つむ》り辛そうな声で言った。

「頼む……この父に辛い決断はさせてくれるな……。わしも決して良い後継者とはいえなかった。それでも父が私を選び、弟が支えてくれて、ここまでこられた。お前も王になりたいというならば、成長をしてくれ……。わしもいつまでもこの世にはおらん……」

「は……い……」

掠れた声で頷《うなず》き部屋を出ていくゼルを、国王は侍女と共に見送る。

「子を育てるのは国を治める以上に難しいことじゃのう……。わしは甘すぎるのだろうか……」

「そう思います。ですが、そんな陛下だからこそ私はお慕《した》いしております」

＊　＊　＊

交通事故で死んじゃって、なんと異世界に転生してしまった、この私エトワなんですが。

生まれてきたのが風の魔法使いの名家シルフィール公爵家。魔力がまったくなかったせいで、すぐに跡継ぎ失格の烙印《らくいん》を押され、十五歳になったら家を追い出されることになってしまいました。

でもまあ、意外と快適生活で、楽しく暮らしてたんですけど、そんな私のもとに五人の子供たちがやってきたんです。シルフィール家と血縁が深い、五つの侯爵家から派遣されてきた、私の代わりにシルフィール家の跡継ぎ候補になる、シルウェストレの君《きみ》と呼ばれる子供たち。

そんな彼らに課せられた試験が、私を仮の主《あるじ》として仰《あお》ぎ、護衛役を務めること。

彼らの仮の当主をやりつつ、いろんなトラブルに巻き込まれたり、転生したとき神さまのところに置き忘れたパワーを取り戻したりして、護衛役の子たちと公爵家の本邸で過ごした私ですが、ついに六歳になり、ルーヴ・ロゼという学校に入学するため、ルヴェンドという町に引っ越すことになりました。

しかーし、ルーヴ・ロゼは貴族のための学校！　貴族失格の烙印《らくいん》を押された私じゃ、うまく馴染《なじ》めない……！

さあ、どうする私って、どうしようもないから普通に過ごしました！

冒険者を目指す子供のための学校、ポムチョム小学校にも入学したりして、ルヴェンドで新たな生活を送り始めた私だけど、ルーヴ・ロゼの頂点に君臨する桜貴会《おうきかい》のトップ、ニンフィーユ侯爵家のご令嬢であるパイシェン先輩と、そのお兄さんルイシェン先輩との間でトラブルが起きてしまう～。

護衛役の子たちとパイシェン先輩たちが対立し、学校が分裂しかける騒動になってしまったものの、なんとかパイシェン先輩と和解して解決。私はなんとパイシェン先輩から、桜貴会に入会することを許されました！

ウンディーネ公爵家の次期当主シーシェさま、そして私たちの国の王子さまであるアルセルさまとの出会い。ルイシェン先輩がいなくなったからやることになった生徒会長選挙での騒動。魔王の娘を自称するハナコとの出会い。いろんな事件に巻き込まれながら、少しずつ順調にルヴェンドで暮らせるようになったんですが、なんとこの町が、危険な魔族ヴェムフラムから襲撃を予告されたんです。

私は護衛役の子たちと離れて、古都クララクに避難することに……

でもでも、そのクララクこそがヴェムフラムの真の標的だったぁ！

クララクを炎の都へと変えたヴェムフラムの攻撃に、私も巻き込まれてダウン。でも私と同じくクララクに避難していたアルセルさまが必死に治療してくれたおかげでなんとか復活！

そしてヴェムフラムを倒したんだけど、そのまま意識を失って、一年生の残りの期間のほとんどは入院生活にぃ……。せっかく、学校で楽しく過ごせるようになってきたのに……


はてさて、そんな私も二年生になりましたー！

また一歩大人の淑女《レディ》に近づいた私の姿を見てくれたまへー。


私は手の中の麺棒《めんぼう》を見ながら叫んだ。

「ない！」

ない。

「ない！」

ない！

「なぃいいいいいいいいいいいいいいい！」

なくなってしまった。私の大切なアルミホイルが。

ポムチョム小学校の実習で使ったり、家でもアウトドア料理研究のために使ったり、ソフィアちゃんたちにも試作品を振る舞って、そんなことしてたら使い切ってしまった。

もう私たちも二年生になって三ヶ月ぐらい経ってるしね。なくなったのはしょうがないし、なくても料理はできるけど、でもアルミホイルに慣れてしまった体は、もうあのころに戻れない！

「仕方ない、クリュートくんにまたお願いしてみよっと」

クリュートくんはシルフィール公爵家の後継者候補の一人で黒髪の美少年だ。ちょっと嫌味なところがあって、私との関係は微妙。けど仲は悪くないと思ってるよ！

そういうわけで、私はさささーとクリュートくんの部屋へと移動した。

「いやですよ。一回だけって約束でしょ」

クリュートくんは椅子に座って、本を読みながらめんどくさそうに言う。

確かに正論だ。そういう約束だったし……でも……でも、

「一度便利さを味わうと、もうそれがない生活には戻れないんだよ～」

それは人の業《ごう》！　愚かな人間の性《さが》！

クリュートくんはようやく本から目を離して言った。

「エトワさまの言うことを聞いて僕に何か得がありますか？　前に約束したお願いの権利だって結局使ってないでしょう。まあ別にいらないので、あんな約束、破棄でいいですけどね」

「ふっふっふっふ、そう言うだろうと思って準備しておきました！」

私はクリュートくんに用意してきた秘策を見せる。

じゃじゃーん。

「なんですか？　その紙」

「口約束ではアレかと思って、今度は証券化しておきました！」

紙には『エトワにお願い券』と書かれていて、私自作のスタンプも押してある。

「なんとこれがあれば、私がなんでも言うことを聞くんです！　ただし犯罪と後継者関連はNGにさせていただきますけど！　期限は無期限！　しかも、今回は十枚セットでご提供!!」

それを見てクリュートくんは言った。

「いらないです。いらないもの十枚束《たば》ねたって普通にいらないだけでしょう」

私はひざまずいてクリュートくんにしがみつく。

「ぐあぁぁぁ！　もしかしたら私が将来出世してめちゃくちゃ役に立つときがくるかもしれないよ!?　良いのかい？　そのチャンスを逃して！」

「あなたが出世する姿なんて、まったくこれっぽっちも想像つかないのでいいです！」

「おねがいだよー！　おねがいぃいいいい！　クリュートくんが作ってくれたアルミホイルに夢中なんだよー。あれなしじゃ生活できないんだよー！　作ってよー！　これで作ってよぉー！」

結局、最後は泣き落とししかなかった。

そう涙は女の武器。いい女は涙で闘う。

泣き落としの結果、クリュートくんは五月蝿《うるさ》そうに耳を押さえ、額に青筋を浮かべて言った。

「あー、もうわかりましたよ！　作ればいいんでしょ！　五月蝿《うるさ》くて本も読めやしない！」

「わーい！　これどうぞ！」

「いらないです」

「いやいや遠慮なさらずに～」

「本当に遠慮なんかしてないんですけど」

私は『エトワにお願い券』をクリュートくんにぐいっと渡す。ぐいぐいっと。

「ああもう全部がめんどくさい！　もらってあげますから、行きますよ！　まったく……」

「へい、せんせぇ！　よろしくお願いします！」

庭に出たクリュートくんは、アルミホイルをなんと十個も作ってくれた。

ありがとう、クリュートくん。これでアルミホイル生活が帰ってきた～！

＊＊＊

クリュートは手の中に残された十枚の券を見てため息を吐《つ》いた。

「はぁ、こんなゴミもらってどうしろっていうんですか」

まったくもって無駄な労働だった。何の得にもなりはしない。

あれがなくなったらまた来るんだろうか。恐らく来るのだろう。一度餌付《えづ》けしてしまったのだ。人に甘やかされきった図太い野良犬のごとく、おかわりを要求しに来るに決まっている。

手の中に残されたのは無駄の結晶、『エトワにお願い券』。それをどう処分しようか眺めていたクリュートだったが、券に描かれたニコッと笑っているエトワのイラストに、ちょっとイラッとしたことで心を決めた。

「捨てよう」

何の役にも立たないゴミなのだ。持ってるだけでスペースの無駄だ。部屋のゴミ箱に捨てるのすらスペースの無駄で負けた気分になるので、クリュートは部屋の外にあるゴミ箱に向かう。

するとなぜか、廊下の向こうからソフィアがこちらにすすすと近づいてきた。

「そのエトワさまが描かれたようなエトワさまが描かれた紙はなんですか？」

極めてわかりにくい言い回しで、ソフィアは十枚のチケットを見つめる。

クリュートは肩をすくめて答えた。

「ああ、『エトワにお願い券』だってよ。これがあればエトワさまがお願いを聞いてくれるらしい。ははっ、こんなもの誰もいらないよな」

「いらないい!?　なら売ってください！」

ソフィアはクリュートの持つ『エトワにお願い券』に文字通りガシッと食いつく。

「は、はぁ!?」

「お金持ってきますね！」

混乱するクリュートを置いて、ソフィアは自分の部屋に走っていった。

そして両手に札束を抱えて戻ってくる。

クリュートたち貴族の子供は、二つの財布を持っていた。一つは公爵家から支給されるお小遣い。平民の子と比べると多いが、常識的な金額のものだ。普段、友達と遊ぶときはこちらを使う。もう一つが貴族の子息としての資産。こちらは軽く大人の貯金ぐらいあって、投資して増やしたり、大きな買い物をしたりするときに使う。

ソフィアが持ってきたのは明らかに後者のほう。目の色を変えてお札を数えだす。

「相場を考えると一枚三十五万リシスはしますね……」

いや、そんなにするわけないだろう、クリュートは心の中で突っ込む。

「うぅ、さすがに全部使っちゃうのはまずい……。三枚！　今回は三枚だけお願いします！」

ソフィアが差し出してきたのは百五万リシスだった。小さな馬車なら新品で買える。公爵家や侯爵家の全財産からすると微々《びび》たる額だが、子供にとっては当然大金である。

「え……それ本気で言ってるのか……？」

「これで三枚、売ってくれますよね!?」

「あ、ああ……」

クリュートは呆然としながら、取引に頷《うなず》く。金はあって困ることはない。

ソフィアはそんなクリュートの手から、『エトワにお願い券』を三枚だけ抜き取った。

「やったー！」

ソフィアはその券をきらきらした瞳で見つめると、嬉しそうにジャンプしながら自分の部屋に帰っていった。クリュートの手には百五万リシスの札束が残される。

「まじかよ……」

クリュートは呆然と呟《つぶや》いた。

＊　＊　＊

私は明日のお休みに何をしようか考えてた。ふっふ、やはりここはアルミホイルで料理研究を。

そう思ってたらソフィアちゃんがきらきらした笑顔で『エトワにお願い券』を持ってきた。

「エトワさま！　これを使わせてください！」

ソフィアちゃんはクリュートくんと同じく、シルフィール公爵家の後継者候補。銀色の髪をもつ、天使みたいに可愛い女の子だ。私にもよく懐《なつ》いてくれてる。

「な、なんでソフィアちゃんが持ってるの？」

「クリュートに譲《ゆず》ってもらいました」

ゆ、譲《ゆず》ってもらったのかぁ……。確かに譲渡《じょうと》は禁止してなかったけど。

まあ子供同士のやり取りだし大丈夫かな？　金銭とかは関わってないだろうしね。

「それでソフィアちゃんのお願いって何？」

「明日エトワさまを貸し切りにさせてください！」

なんと貸し切りとな！

「全然いいけど、そんなのでいいの～？」

「はい！」

それぐらいならお願い券がなくても聞いてあげられるんだけど。まあソフィアちゃんが楽しそうだしいいかな？　そーいうわけでソフィアちゃんに貸し切られることになりまった。


そしてお休みの日の朝。リンクスくんが部屋にやってきた。

リンクスくんも後継者候補の子。ちょっと強気な男の子で、最初、私はあまり好かれてなかったんだけど、今はすご～く仲良くしてくれる。嬉しいねぇ。

「どしたの～？」

尋ねるとリンクスくんは頬を赤くして、顔をそらしながら私に言った。

「きょ、今日はどこか買い物行ったりするのか？　よかったら護衛してやるぞ」

どうやら一緒に買い物に行きたいらしい。

「ごめんね～、今日はソフィアちゃんに貸し切られてるから」

「なっ、貸し切り!?」

そんな会話をしてると、ソフィアちゃんが部屋にやってきた。

「エトワさま〜、まずは買い物に行きましょう〜！」

「うん〜、なんでも言ってくれたまえ〜。護衛の話ありがとね、リンクスくん」

私はソフィアちゃんに腕を引かれて、買い物に出かけた。その日はソフィアちゃんと一緒に町を回って、一日じゅう一緒に遊んで、夜も一緒のベッドで寝た。

抱き枕にされて息苦しかったりもしたけど、貸し切りなのでガマンガマン。

＊　＊　＊

クリュートの部屋にリンクスがやってきた。

突然の訪問に驚いているとリンクスは鬼気迫《ききせま》る表情で言う。

「お願い券を売ってくれ！　いくらだ!?」

（え、他にも買いたい奴がいたのか……？）

クリュートは内心驚きながら、ソフィアに売った値段を告げた。

「じゃあ四十万リシスで頼む！」

なぜか値上がりした。

「七枚あるんだけど、いくら売ればいいんだ……？」

クリュートが尋ねると、ソフィアと同じようにリンクスもお札を数えだす。

「七枚全部……いや、あいつの誕生日もあるから全部使うわけにはいかない……」

ぶつぶつと悩みながら最終的に――

「三枚！　とりあえず三枚頼む！」

また三枚売れた。

＊　＊　＊

次のお休みの前日。私が何しようか考えていると、リンクスくんが部屋にやってきた。

「エトワさま、これ……」

赤面しながら差し出してきたのは、『エトワにお願い券』だった。

リンクスくんまで譲《ゆず》ってもらったのか～。ちょっとびっくり。

「それでだな……その……」

リンクスくんは何やら願い事をごにょごにょ言いにくそうにするので察してあげる。

「明日、貸し切りでいいの〜？」

「あ、ああ……」

他のお願い事だったら悪かったなって思ったけど、反応的にこれでよかったっぽい。

なんか懐《なつ》いてくれてるのがわかって嬉しいよね、こういうの。


次の日、リンクスくんと町までやってくる。貸し切りなので二人っきりだ。

「リンクスくんは行きたいとこはある〜？」

「お前の好きなところでいいぞ……」

そっか〜、それじゃあリンクスくんの好きな活劇系の劇でも見に行こうかね。

そう決めた私はリンクスくんの手を握って歩き出す。

「よーし、それじゃあ行こっか〜」

「お、おい。なんで手を握るんだ……！」

赤面して焦るリンクスくんに私は笑顔で答える。

「だってソフィアちゃんともやったよ〜。今日の私はリンクスくんの貸し切りだからね〜」

女の子のソフィアちゃんはともかく、男の子のリンクスくんたちは、大人になったら照れて手なんてなかなか握らせてくれなくなると思うから、私がやっておきたかったのは秘密。

こういう機会にたくさん思い出作っておかないとね。

その日はリンクスくんと町のいろんな場所を回った。お願い券、なんか私のほうが楽しんでいて悪いなぁって思う。

そして夜。

寝巻き姿でリンクスくんの部屋を訪れた私は部屋を追い出された。

なぜ?

＊　＊　＊

クリュートがベッドに寝転んで本を読んでいると、ふと人の気配がした。

「クリュート……」

「うわぁっ！」

いきなり傍《そば》から声がし、びっくりして起き上がると、後継者候補の一人、ミントが気づかないうちに部屋にいた。

「いつの間に入ってきたんだよ！」

「ここですごいアイテムを売っていると聞いて来た……」

微妙に返答になってない返答を返すミントに、クリュートは心の中で『すごいアイテムってなんだよ』と突っ込む。でも何を求めてきたのかは、ここ二週間の出来事でわかってしまう。

「あと四枚しかないけど、どうすんだ？」

「今の相場は一枚五十万リシスとして……全部欲しい……」

また無意味に値上がりした。

ミントは持ってきたお札を数えながら残念そうに言った。

「でもお金が足りない……。三枚で頼む……」

「もういいよ、四枚やるよ」

もともと当初の三十五万リシスで四枚売ったとしても、今のほうが高い。

お金はあって困ることはない。でも、よくわからない値の上がり方をしていく『エトワにお願い券』に納得できない思いをしているクリュートは、一枚くらいタダでやることにする。

「そんな貴重なものを無料でもらうわけにはいかない……」

しかし、その提案はミントのほうから拒否されたのだった。

＊＊＊

ミントくんも『エトワにお願い券』を譲《ゆず》ってもらったらしい。

ミントくんはちょっと不思議な感じの男の子で、回復魔法とそれから魔獣を手なずける力をもっている。動物好きの優しい性格だと思うけど、無口なのでわからないことも多い。

あと後継者候補にはもう一人スリゼルくんって子がいる。背が高くて礼儀正しい子だ。

それにしてもクリュートくん太っ腹！

私はミントくんと、町を出て綺麗な草原まで行くことになった。交通手段はなんと魔獣だ。

四足歩行のホワイトタイガーに似た獣。でも大きさはゾウぐらいはある。

ミントくんの力で手なずけたらしい。

魔獣の背中に乗って野道を駆けるのは、風が気持ちよくて夢中になりそうだった。

「よしよーし」

しかも、魔獣はミントくんの言うことをよく聞いて、私にも体を撫でさせてくれる。毛並みはすべすべ、お腹の感触はふかふかして気持ちよかった。

いい天気で日差しも心地いいし、草原の涼しい風が私の頬を撫でていく。

ソフィアちゃんとの買い物も楽しかったし、リンクスくんとのお出かけも楽しかったし、なんかもうお願い券なのに私のほうが得してるよね。

自然の風情《ふぜい》を楽しんでるとミントくんが寄りかかってきた。すやすやと寝息が聞こえる。

どうやら寝てしまったようだ。

私は持ってきたバッグから、ブランケットを取り出してかけてあげる。

わざわざ券を使ってもらってるんだから、これぐらいはしておかないとね～。

それからはミントくんのためになるべく動かないようにして、本を読んで時間を過ごした。魔獣さんは一人で草原を遊び回ってた。

お昼には私が作ってきたサンドイッチを二人と一匹で食べる。

たくさん作ってきたけど、さすがに魔獣の胃袋には物足りない量しかない。教えてくれたらもっと作ってきたのに。無口なミントくんはなかなかそういうことは話してくれないんだよねぇ。それでも、魔獣さんは美味《おい》しそうにサンドイッチを食べてくれた。

午後は魔獣さんの背中に乗っけてもらって、森のいろんな場所を回った。

「今日はありがとうね。楽しかったよ～」

「エトワにはレタラスのこと見せておきたかったから……」

魔獣さんはレタラスというらしい。

賢いし可愛いし、羨《うらや》ましい。私もそっち系のスキル取っておけばよかったかもしれない。

＊　＊　＊

クリュートは残った一枚を困った顔で見つめた。

需要はあるし持っておけばいずれお金になるのだろうけど、ソフィアたちも使える分のお金は使ってしまったので、売るには数ヶ月は待たなければならない。

その間は、クリュートのほうで保管しておくことになるのだが、それはなんか敗北した気がするのだ、あのマヌケ顔の主人に。かといって自分で使う予定などは、もちろん微塵《みじん》もない。

さすがにもったいないかという気持ちとプライドの狭間《はざま》で、ため息を吐《つ》きながら残った一枚をひらひらさせて屋敷を歩いていると、向こう側からスリゼルが歩いてきた。

ちょうどよかったのでクリュートは話しかける。

「よお、スリゼル。これさ、エトワさまがお願い事を聞いてくれるチケットらしいんだけど、よかったら買わないか？　別に値段はいくらでもいいぞ。余って困っちゃってさ」

それを聞いたスリゼルは答えた。

「はぁ？　そんなものいるわけがないだろう」

何言ってるんだという表情だった。

「あ、や、やっぱり……やっぱりそうだよな。はは……」

それはクリュートの考えていた正常な反応だった。

でも同時になんだか意外で、引きつった顔で誤魔化《ごまか》し笑いをしてしまう。

「意味のわからない用件しかないならもう行くぞ」

「あ、ああ……引き止めて悪かったな……」

すたすたといつもの調子で去っていくスリゼルの背中をクリュートは呆然と見送った。

第二章　魔王降臨《こうりん》

ヴェムフラムの襲撃で大怪我をして以来、私は暇な夜に剣の素振《すぶ》りをしている。

さすがにいろんな人に心配かけちゃったし、少しは私も強くならないとと思ったのだ。

そんな夜の素振《すぶ》りの時間だけど、クリュートくんもよく同じ時間に魔法の練習をしている。土の中の金属を集めて槍《やり》を作り出す魔法。もう一年生のころからだ。

クリュートくん、普段はそんなそぶりは見せないけど努力家だよね。

一セットを終えて、いい感じに汗をかいた私はクリュートくんのとこに移動して声をかけた。

「おーい、クリュートくん。休憩しようよ～」

クリュートくんはあからさまに嫌そうな顔をする。

「なんですか、エトワさま。邪魔しないでくださいよ」

「まあまあ、ちゃんと休憩しないと、効率も悪いよ～」

私はポットに入れてきた冷たいお茶をクリュートくんにずずいっと押しつける。

クリュートくんは迷惑そうな顔をしていたけど、なんだかんだ受け取って口をつけた。やっぱり喉は渇《かわ》いていたらしい。二人でお茶を飲んで休憩する。

「クリュートくんは土魔法が好きなの？　前からずっと練習してるけど」

「別に、あのとき通じなかったのが気に入らないから練習してるだけですよ」

あのときというと子供のころ、鉄の巨人と戦ったときだろうか。クリュートくんの鉄の槍《やり》の魔法は、相手に通じず砕け散ってしまった。じっと見てると、クリュートくんは唇を尖《とが》らせた。

「気にしすぎだって言うんですか？」

「ううん、偉いと思うよ」

だめだったことと向き合ってずっと努力するなんてなかなかできないことだと思う。

「護衛役をサボらなければもっといいんだけどねぇ」

「あんなのやりたい奴にやらせておけばいいじゃないですか。エトワさまだってリンクスたちといたほうが楽しいでしょう」

「いやいや、それはリンクスくんたちに負担がかかるからだめだよ～。というわけで、明日の送り迎えはお願いね」

その言葉にクリュートくんは『げっ』て顔をした。

「代わりに練習してるときはお茶作ってきてあげるから」

「別にいらないんですけど」

「まあまあそう遠慮なさらずに」

「遠慮してません」

そんなこと言われてもお茶を持ってく気は満々だった。夜練《よるれん》仲間なのだから助け合わなければ。


この国の第三王子、アルセルさまはとても優しい方だ。

ちょっとぽっちゃり系の癒《いや》し系なお方で、失格者の私にも親切にしてくれる。クラクでのヴェムフラムの襲撃の際には、大怪我をした私に回復魔法をかけて助けてくれた。本当にお世話になった。

今日はそんなアルセルさまが私の部屋にいらっしゃってます。あれからいろいろと気にかけてくださってるのだ。今までも何度かお会いしてて、今日もそんな感じで来てくださった。

王子さまをおうちにご招待。ちょっとテンション上がるよね。

「お茶をお出ししますね！」

「ありがとう」

侍女さんが準備はしてくれてたので、あとはお湯を入れるだけ〜。

アルセルさまがお茶菓子を持ってきてくれたので二人で分ける。

「体の調子は大丈夫かい？」

もうあれから何ヶ月も経つというのに、まだ心配してくれる。

「はい、元気ですよ！」

私はアルセルさまを安心させるために、右腕をぶんぶん振り回して力こぶを作った。

「はは、困ったことがあったら言ってね」

アルセルさまはちょっと苦笑いする。

それから黄色い軟膏《なんこう》みたいなのが入ったビンを取り出して私の前に置いた。

私は首をかしげる。

「なんですかこれ？」

「南の国から取り寄せた火傷《やけど》に効く薬らしいんだ。よかったら試してほしいなって」

ヴェムフラム襲撃のときの怪我。体はもう治ったんだけど、私の頬にはまだ火傷《やけど》のあとが残っていた。自分ではそんなに気にしてなかったんだけど、周りから見ると気になるのかもしれない。

「ありがとうございます。使わせていただきますね。塗り薬ですかね？」

「うん、説明書にも書いてあるよ」

ありがたく使わせてもらおうと思う。肌が綺麗で悪いことはないしね。

アルセルさまとの会合は万事こんな感じだ。

私の力の正体なんかには極力触れないようにしてくれてるみたい。そしてお菓子をくれる。

「そういえばソフィアちゃんたちは今日はいないみたいだね」

「はい、魔法院《まほういん》でまた魔力の検査を受けてるらしいです」

ソフィアちゃんたちは今もなおぐんぐん成長中だ。

また魔力が大きくなったので、魔法院で測ってもらうらしい。どんどん強くなっていく。

私も普段はついていくんだけど、今日はアルセルさまが来ることになってたから、家にいることにした。

私と使用人の人たちしかいない屋敷でのアルセルさまとの会合は平穏だった。

護衛役の子たちは王子さまがいると、どうにもそわそわして覗き込んでくるのだ。特にリンクスくんとソフィアちゃん。ミントくんもいつの間にかいて、こっちを見てたりする。

王家の盾《たて》と呼ばれる風の一族の本能が騒ぐのかもしれない。なんか猫みたいだね。見てるより一緒にお茶を飲もうよって誘うんだけど、そうすると逃げていくのだ。子供たちの心は複雑だ。

アルセルさまの穏やかな声は、不思議と心を癒《いや》してくれた。

今日はこのまま問題なく、この平穏に肩まで浸かって、ゆっくりと時間が流れていくに違いない。きっとそういう日なのだ。

そう思った私が間違いだった。

トラブルというのはいきなり降ってくる。

窓の向こうから誰かが降ってきて、誰かはそのままの勢いでバーンと窓を開けて、私の部屋に飛び込んできた。私もアルセルさまもびっくりした表情をする。

「おーい、エトワ。いきなりだけど遊びに来たぞ！」

うん、いきなりすぎない？

どうするのよ、これ。

ハナコはアホの子だ。本人が言うには、魔王の娘らしいけど、人間の町で恐喝《きょうかつ》事件を起こし、私とソフィアちゃんに捕まったアホの子。それからいろいろあって仲良くはなったけど、まさかのアルセルさまとのお茶会の中で、元気よく私の部屋に飛び込んできやがった。

ハナコはアルセルさまを見て目をぱちくりとさせた。

「誰だーお前？」

いや、アルセルさまにとってはお前こそ誰だって感じだよ！

どうする。どう説明しよう。

「ま、魔族!?　なんでこんな場所に！」

その頭に生えた角を見て、アルセルさまが咄嗟《とっさ》に私を庇《かば》うように立つ。アルセルさまってば、戦闘系の魔法はまったく使えないのにいい人だ……

「なんだー！　やるのかー！」

ハナコの周りにいくつもの魔法陣が浮かび上がる。

「天輝く金烏《きんか》の剣」

私は生まれたときに、神さまから最強クラスの戦士の力をもらっている。その力は天《てん》輝《き》さんという剣に封印されていて、その真の名を呟《つぶや》きながら、剣を抜くことで力が解放される。

私は早速力を解放して、ハナコの後ろに回り込むと、軽くげんこつで数発殴りつける。

「んぎゃっぎゃっぎゃっぎゃっ！　ぎゃん!!」

ハナコは気絶こそしなかったものの、その場に立つ力を失い、ふらふらと倒れかけた。

私は一応襟首《えりくび》を掴《つか》んで、体を支えてやる。唱えていた魔法も霧散《むさん》していった。

とりあえずもう、アルセルさまには正直に話すことにした。

「すみません、この子は魔族だけど私の友達なんです。すごくバカですけど、バカな行動を除けば人畜無害《じんちくむがい》ですから、見逃してあげてくれませんか？」

「痛い。うぅぅう、頭が割れるように痛いぞぉ……」

アルセルさまは戸惑った表情をしながらも、私の話を聞いてくれる。

「ほ、本当なのかい……？」

「は、はい！　ほら、ハナコ、悪いことはしないよね!?」

私は開いた目に力を込めて、余計なことは言うなとプレッシャーを加えた。

「当たり前だろー！　エトワのうちに遊びに来ただけだ！」

遊びに来ただけなら、先客にいきなり攻撃を仕掛けようとするなと言いたい。そもそもアポ取ってから来い――どんな風に取るかは不明だけど。

アルセルさまはまだちょっと混乱した様子だったけど、

「えっと……僕はアルセル、君と同じくエトワちゃんの友達だよ。よろしくね、ハナコちゃん」

ハナコの存在を受け入れて、自己紹介までしてくれた。その頭を人間の子供を相手にするみたいに撫でる。普通、魔族が友達なんて言ったら紹介した私のほうも、良くて頭がおかしな人で、普通なら危険人物と思われるはずなのに、なんて心が広い方なんだろう。

それに比べて、アルセルさまが相手でなければ大変なことになっていたであろう騒動を引き起こしてくれたハナコはといえば――

「ひゃあっ！」

アルセルさまに頭を撫でられた途端、急に高い声をあげて顔を真っ赤にすると、私の背中に回り込んでしがみついてきた。

「な、なんだよ、お前。急に角を触ってくるなんて！　ナンパな奴だなぁー！」

「えっ、ご、ごめんね」

ハナコの意味不明な抗議を受けて、アルセルさまは慌てて謝る。

「エトワぁ、なんだこのナンパな男は～。いきなり角に触るなんて常識ってモノがないのかー？　ま、まあ容姿は悪くないけどさ……お父さまほどではないけど……」

どうやら魔族の間では、角に触れるのはナンパな行為らしい。

けれど、ハナコは赤面しながらもじもじとアルセルさまのことを窺《うかが》っている。

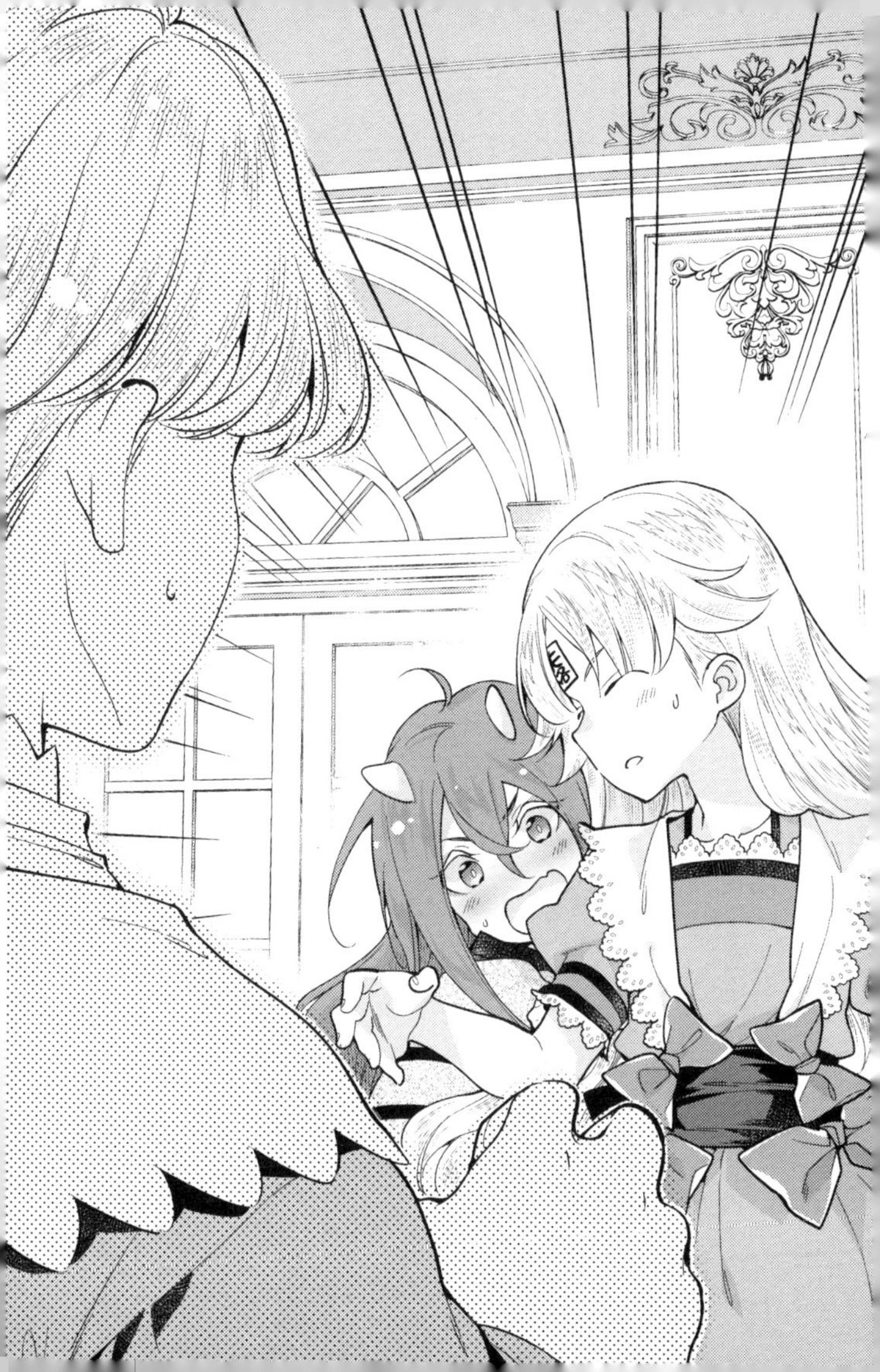

あれ、この反応……。まさか、まんざらでもない……？

「そ、そのごめんね。あまり君たちのこと知らなくて、失礼なことしちゃったみたいで……」

ハナコは私の背中からとことこ出てくると、アルセルさまに近づいていった。

「そうだぞー。レディの角に触るのは失礼なんだぞ。オレじゃなきゃ大変なことになってたぞー」

「そうなんだ。ごめんよ」

「特別に許してやるー。特別だからなー、えへへ」

「あ、ありがとう」

「お前もエトワと友達なんだってな。しょうがないから、特別にオレが話し相手になってやる。お茶とお菓子をくれてもいいぞ」

アルセルさまと会話するハナコの顔は普段通りアホっぽかったけど、しっかり女の子の顔をしていた。正直、めちゃくちゃ意外だ……

いや、アルセルさまはとても素敵な方だけどね。

たださすがにその態度はいただけない。私はハナコに軽く裏拳《うらけん》を喰らわせた。

「んぎゃっ、なにするんだよ！　エトワ！」

「アルセルさまは私の国の王子さまなんだから、あまり失礼な態度はとらないでもらえるかな」

アホなところは百歩譲《ゆず》って愛嬌《あいきょう》としても、アルセルさまには敬意をもって接してほしい。

「王子〜？」

「いや、でも魔族の子にとっては、僕の身分もあんまり関係なかったりするんじゃないかな？」

「アルセルさまも甘いです！　郷《ごう》に入《い》っては郷《ごう》に従えですよ!!」

「そ、そういうものなのかな……？」

「そうです！」

私はハナコにビシッと言った。

「ハナコ。アルセルさまにちゃんと敬意をもって接することができないなら、この部屋の敷居《しきい》はまたがせないからね」

「わ、わかったよぉ……」

その日のハナコは、ハナコにしては大人しく私たちと一緒の席についてお茶を飲んだ。

そして積極的にアルセルさまに話しかけていた。アルセルさまもハナコが悪い魔族ではないと理解してくれたのか、私たちに接するのと同じように、ハナコにも優しく接してくれていた。

その日はそれでよかったんだけど、次の日からが大変だった。

「エトワー、遊びに来たぞー。あいつはいないのか？」

次の次の日も。

「アルセルはいないのか？　王子さまだから忙しい？　いつ来るんだよー」

さらに次の次の次の日も。

「なーなーなー。アルセルはまだ来ないのかー。なー、エトワー」

次の次の次の次の日も。

「アルセルはー？　今日こそいないのかー!?」

さすがに私もハナコの顔を片手で掴《つか》んで、一度相談することにした。

「ハナコさんや。友達として来てくれるのは嬉しいけど、さすがに毎日はやめてくれるかな。ソフィアちゃん以外にもうちには魔法使いの子がいるし、見つかったら大変だってわかるよね」

「隠蔽《いんぺい》の魔法を使ってるから、そんな心配ほとんどないぞー！　あと今のお前が半目で睨《にら》んでくると、すごく怖いぞー！」

　普段は糸みたいに細い目の私だけど、力を解放してるときは目が開くようになってる。

「だめ、万一のことがあるでしょ。というか聞くの忘れてたけど、なんで私の住所知ってるのかな？」

「ハチが調べてくれた」

　あの犬の名前魔族！　町の待ち合わせ場所に、新しい目印として吊るしてやろうか！

「とりあえず、私の家に来るときは、ちゃんとアポを取ること。そして月一ぐらいの頻《ひん》度《ど》にすること。切手と便箋《びんせん》あげるから、どうにかしてポストに投函《とうかん》して。守ってくれたらアルセルさまと会う機会も作ってあげるから」

「わ、わかったぁ……」

　どうやら相談はうまくいったようだ。アルセルさまとはなるべく、郊外で会おう……。ハナコと護衛役の子たちが衝突したらしゃれにならない。

　それでようやくハナコの件が解決したと思ったら、夜に再び魔族の気配がした。

　またハナコかと思って、天輝さんを解放しながら、窓を開けたら違った。

　鳥の仮面をつけた魔族。ハナコとの会話にも出てきた『ハチ』という魔族だ。ハナコの護衛が仕事らしいけど、性格はなんというか……

「久しぶりだな、赤日《あかめ》の守護者よ。いつもハナコさまが世話になっている」

「いや、さすがにここまでお世話するつもりはなかったんですけど！　というか、よくも私の住所を勝手に調べてハナコに教えてくれたね」

ここ数日、迷惑をかけられまくった私のキレ気味の言葉に、ハチはふっと笑って少し誇らしげに答える。

「それならば私の隠密《おんみつ》力と索敵《さくてき》能力をもってすれば造作もないことだ」

いや褒めてねぇよ！　苦情だよ！

ただもう何を言っても無駄な気がして、私は早めに追い返したくて用件を尋ねる。

「それで、何の用なの？」

「ああ、今日は残念ながら、ハナコさまについての用件ではない」

残念でもなんでもないことを私に言ったハチは、少し間を置いて真剣な声で告げた。

「魔王さまが貴殿に話があるそうだ」

ハチが黒いクリスタルを掲《かか》げる。クリスタルからは黒い霧が溢《あふ》れ出し、何かの姿をかたどっていく。現れたのは、見たことのない巨体の魔族だった。

縦にも横にも大きくて、椅子に座っている姿勢なのに、頭が部屋の天井に届きそうだ。

その頭には犬の頭骨《とうこつ》のようなものを被っていて顔が見えない。巨大な全身を、見たこともない素材の防具と、マントが覆《おお》っていた。まさに魔王って感じの迫力がある。

『エトワ、戦闘は避けろ。今の我らでは勝てない』

私の心の中から、男性の声が警告する。私の力を封印した剣に宿る人格、私の半身ともいえる天輝さんの声だ。いろんなことができて、いつも私のことをいろいろ助けてくれる。

そんな天輝さんが勝てないと断言するのは初めてのことだった。実際、その身からは凄《すさ》まじいプレッシャーが漏れ出ている。ヴェムフラムとは比較にならない、正真正銘の魔王がいた。

魔王は犬の頭骨《とうこつ》に空いた眼窩《がんか》のその奥に光る金色の瞳で私を見つめる。

そして口を開き言った。

「FF外から失礼します」

なるほど～そうくるのか～。

その言葉に私が硬直していると、魔王さまはちょっと照れくさそうな仕草で頭を掻き、その姿に似合わない、もったいぶるような癖のある口調で私に話しかけてきた。

「ふふふ、斬新な挨拶に呆気《あっけ》にとられてしまいましたかな。これは失礼」

呆気《あっけ》にとられたというか、うん……魔王の口から聞くとは思ってなかった言葉に唖然《あぜん》とした。

「この挨拶は異界で行われていたものでしてな。今まで繋がりのなかった他者に話しかけるとき、礼儀を欠かないように事前に謝罪しておくという、とても高度に文化的な風習として行われてきたものらしいのですよ」

魔王さまは〇イッター地方で行われてきたその風習を、丁寧に私に解説してくれる。

最初は魔王さまも私と同じ転生者なのかと思ったけど、どうやら違うっぽい。

「そうなんですか」

それしか言いようがない。私の反応に魔王さまは嬉しそうにうんうんと頷《うなず》く。

「ええ、そうなんです」

どうにも話すことだけで満足している気配がある。犬の頭骨《とうこつ》の眼窩《がんか》から覗く金色の瞳も心なしかにっこりしてる気がする。その行動パターンはちょっとオタクっぽい。

「でも、どうしてそんな異世界のことを知ってるんですか？」

私は気になることを尋ねてみた。自分が元はその世界の住人だったことは話さずに。

「さすがは赤目殿。良い質問です。ハチが世界有数の強者と見込むだけはあります」

魔王さまはうんうんと頷《うなず》きながら、あっさりと魔族たちの事情を説明してくれる。

「そもそも我らが北の城にいるのは、その地下にこの世界で最大の遺跡が存在するからなのです。そこには古代の文明の遺産、異界からの遺物などが何万年も前から眠っています。世に出れば世界に混乱を招く危険な情報、目覚めれば世界をそのまま破滅に導くような遺物まであります。これらを世に出さないように管理し、研究してきたのが我ら北の城に住む魔族の一族なのです」

私の世界の創作物だと魔王といえば世界を滅ぼしたりする側なんだけど、どうやらこの世界ではむしろ守る側だったみたいだ。人間側からはその辺きっちり誤解されているけど。

真剣な口調で事情を語った魔王さまは、急にテンションを上げて懐《ふところ》から何かを取り出す。

「そしてその遺物のうちの一つがこれ！　神《かみ》の石版《せきばん》と呼ばれるものです！」

それは美しいゴールド塗装のボディに、美しい高解像度のディスプレイ、シンプルながら機能美を備えたデザイン、間違いなく◯◯パッドだった。りんごのマークのアレ！

しかもＰＲ◯！

魔王さまはそのボディを愛おしげに撫でる。

「ふっふっふ、すごいでしょう。この形、この手触り、すべてが完璧で神が創ったとしか思えない造形物です。しかし、この石版は美しいだけではありません。数万年前の遺跡から発見されたこの石版の内部には異界のあらゆる情報が記録されているのです。さきほどの挨拶もここから学んだものです。我々は時間をかけて、この中にある情報を解読しています」

魔王が嬉しそうにホームボタンを押すと、画面が光り輝き、お馴染《なじ》みのUIが現れる。

なるほど、と私は納得した。それなら魔王さまが○イッターの一部でしかやってない挨拶をしてきたのも納得がいく。神さまの世界にも○○パッドが導入されてたくらいだ。この世界に流れ着いてきていてもおかしくない。

人によっては何万年も経ったタブレットが動くのかと疑問に思うこともあるかもしれない。確かに普通のタブレットなら、こんなに年数が経てば動かなくなってしまうだろう。しかし、○○パッドPR○はあの○ッ○ル社が提供するタブレットの最高級機種。数万年の時を経て稼動していても何の不思議もないのだ。

「実を言うと我々の名前も、この神の石版に由来しているのですよ」

そう言うと魔王はぽちぽちと楽しげに○○パッドの画面をいじる。

そしてある画面を私に見せてきた。そこには大きくこう書かれていた。

犬の名前・pdf
そのファイルのタイトルと思《おぼ》しき題字の下には、延々と単語が羅列《られつ》されている。

ポチ、コロ、クロ、シロ、ハチ、ハナコ、さくら、ラッキー、ラブ……

「これは異界の言葉で『大の名前』。つまり大いなる存在の名前を記《しる》した物だと解析されてます」

いいえ、犬の名前なんですけど。

確かにちょっと惜しいけど、大じゃなくてそれ犬……。いぬ……

「我々北の城に住まう魔族は、ここから名前を拝借《はいしゃく》するようにしたのですよ。我が娘もここから借りてハナコとつけさせてもらいました。いい名前でしょう」

魔王さま――確か名前をポチさんという彼は、照れながらも誇らしげに自分たちの名前について語る。

私は世界平和のために、それ全部ペットの名前ってことは、墓場までもっていくことに決めた。

魔王は楽しげに〇〇パッドをいじり回しながら、〇イッターの挨拶の話や、北の城の魔族たちの名前の由来を話したあと、少し困った顔をしてため息を吐《つ》いた。

「しかし、実は最近困ったことがありましてな」

「困ったこと？」

「ええ、実は神の石版——といっても今のこれよりもかなり小さいもので、これぐらいの大きさなのですが。それを持ち出した者がいましてな」

そう言って魔王がジェスチャーで示したのは、〇〇フォンらしきサイズのものだった。

「これら神の石版は、古代の遺跡を起動するキーアイテムにもなっているのです。北の城の地下に眠る遺物の中には、恐るべき力をもった兵器がいくつも存在します。城の外に住む野良魔族たちの中には、これらの兵器を手に入れようと企む者たちがいましてな。だから、そのような者の手に渡らないように管理していたのです。しかし十年前に北の城の住人であったはずの魔族が、そのうちの一つと神《かみ》の鍵《かぎ》を盗み外部へと流出させました」

魔王は真剣な声で言う。

「その者の名はパトラッシュ」

天輝さん……僕なんだかとっても眠いんだ……

『…………』

「我らも追っ手を出したのですが、足取りを掴《つか》むことは叶いませんでした。持ち出された石版そのものは、遺跡への干渉力が小さく、世界が滅ぶなどの大きな問題にはなりえません。しかし……」

魔王は金色の目を瞑《つむ》り、憂《うれ》いのため息を吐《つ》く。

「その石版にも異界の情報が保存されておりました。あちらの文化だけでなく、兵器の設計図が。その石版にも我らからすると大きな脅威ではありません。しかし、魔力をもたない人間や動物などを殺傷するには十分な威力をもつものです。何より危険なのはその扱いの簡便《かんべん》さ。実用できるレベルに再現すれば、それは剣などより簡単に、遠くから、対象を殺すことが可能でしょう」

私はその情報から、その兵器が何か予想がついてしまった。

たぶん、銃だ。銃の設計図がこの世界に流出してしまっているってことかぁ。

それはちょっと……かなり危ない気がする……。あ、でもそれなら。

私は○○パッドのある機能を思い出した。

「その神の石版を使って、アイ……別の石版を探すことはできないんですか？」

確か○○パッドにはそういう機能があったと思う。

「おおっ、さすが赤目殿、博識ですな。確かにこの石版にはそのような力があります」

魔王は嬉しそうな顔で頷《うなず》くが、その後、首を横に振った。

「ですがこの石版は永く遺跡に放置されていたことにより、一部の機能を損失していましてな。ここに触れても反応を示さないのですよ。残念ながら、その力も発動できない状態にあります」

さすがに〇〇パッドといえども数万年の時を経て、万全の状態でいるわけにはいかなかったらしい。魔王さまは例のアプリがある場所を何度も触るけど、何も反応が返ってこない。

「神の鍵があれば、事情が違うのですが、それも石版と一緒に盗まれてしまったのです」

「神の鍵？」

「ええ、白く小さいステッキのようなモノです。それがあれば、この神の石版のすべての機能が使えていたのですが」

それってもしかして……

私は自分のもう一つの半身を呼び出した。

〇ッ〇ルペンシルさん!!

私の手のひらに白いスマートなペンが出現する。神さまが使ってるのを間違えて持ってきたら、私の魂《たましい》と混ざってしまったのだ。

「おお、それは！」

「まさか、お前が犯人だったとは……！」

飛びかかってきたハチを、峰打《みねう》ちで張っ倒すと、別の方角から黒色の棒みたいなのが出てきて、それもハチを張っ倒した。

「ぐはっ」

二つの攻撃を受けハチが床に沈む。

「失礼、ハチは優秀な戦士ではあるのですが、少々コミュニケーション能力に問題がありまして」

「ええ、知ってます」

二人してハチを床に沈めた魔王と私は、軽く流して話を続ける。

「もちろん、その神の鍵が我々の持っていたものと別の個体であることはわかります。しかし、赤目殿がまさかそのようなものを持っているとは。しかも、魂《たましい》のレベルで同化されている。あなたはとても奇特《きとく》な生まれ方をされたようだ。もしかしてあなたは異界から――！」

「いいえ、たまたまです」

私はにっこりと笑って、魔王の想像を否定した。

だって、前世はあの世界の住人だって知られたらすごく面倒なことになりそうなんだもん……

「そうですか。不思議なこともあるものです。お願いがあるのですが、その神の鍵を一時的に貸していただけませんかな。用が済めばすぐにお返ししますので」

「はい、もとからそのつもりでした」

◯ッ◯ルペンシルさんを貸すのはやぶさかではない。◯ッ◯ルペンシルさんも本来の仕事ができて喜んでくれるだろうし。

「えっと、ハチに渡せばいいですか？」

魔王は実際はここにいないのでハチに運んでもらうしかない。そう思っていたら——

「いえ、私の手に置いてくだされば大丈夫です」

何もない虚空《こくう》から、いきなりにゅっと腕が出てきた。さっきまで幻影で見てたのと同じ腕だ。

『空間転移、いや連結か。しかも一部だけ。それをいとも簡単に……』

天輝さんが驚いている。

私もびっくりだ。空間を操る魔法使いとは以前、戦ったことがあるけど、こんなに簡単に空間を移動できてはいなかった。それより距離が長く、しかも一瞬ではなく安定させたまま、造作もないように繋いで、腕を私に差し出している。

「すみません、城を離れられない身なので、腕だけで失礼を」

「いえいえ」

私はその手のひらに、○ッ○ルペンシルさんを預けた。

繋げられた空間が閉じて、向こうの映像に○ッ○ルペンシルさんが現れる。

「それではお借りした神の鍵を使い、神の石版に備えられた別の石版を探す力を起動させます」

魔王はきちんと○○パッドと○ッ○ルペンシルさんをペアリングさせると神々しく掲《かか》げる。

「この力は異界の言葉でこう呼ばれたそうです」

魔王は一度深呼吸すると宣言した。

「○○フォーンヲ、サガァース！」

呪文っぽく叫ばんでよろしい！
○ッ○ルペンシルさんで画面をタッチすると、○○フォンを探す画面が起動した。同じアカウントで、電源が入っていれば、○○フォンの位置が地図に表示されるのだ。
「出ました」

一瞬、ＧＰＳがない異世界でその機能が使えるのかと不安を覚えたけど、魔王が見せてくれた画面にはしっかり◯◯フォンの位置が表示されていた。さすが◯ッ◯ル社だ、すごい。

「ふむ、ちょっと地図が見づらいですな」

魔王は慣れない、たどたどしい手つきで、◯◯フォンの捜索画面をいじりだした。

「ここですかな？」

初めてで操作方法がわからなかったのか、その指が画面左下のボタンへと向かう。

「あっ、だめ！」

私がそう言ったときには遅かった。

そこのボタンは、部屋などで見つからない◯◯フォンを探すために、遠隔操作で音を鳴らす機能だった。この場合、盗まれた◯◯フォンの所持者に、こちらが探してることを知らせてしまう。

五十秒ぐらい経ったあと、◯◯フォンの表示が消えた。所持者が電源を落としたのかもしれない。

「むう、すみません。この力には初めて触れたので……」

まあ、仕方ないのかもしれない。使い慣れてなかったんだし。

それにあちらも迂闊《うかつ》には◯◯フォンを起動できなくなった。

魔王が言う。

「とりあえず、盗まれた神の石版が人間たちの生活圏にあることはわかりました。パトラッシュは人間社会にその身を潜めているのでしょう。もしくは人間から支援を受けているか……」

どうも危険な遺物とその情報が人間社会にもたらされてしまったらしい。

「赤目殿、残念ながら私はこの城を離れられません。この城にはもっと危険な遺物たちも存在します故《ゆえ》に、私にはそれを監視する義務があります。盗まれた神の石版については、配下の魔族たちに捜索を託すしかないのです。ですが、人員が多すぎれば、人間社会に無用な混乱を与え、それもまた争いの火種《ひだね》となってしまうでしょう。赤目殿もどうか神の石版の回収に協力してくれませんか。積極的に探してくれとは言いません。もし見かけることがあったら回収してくださるだけでいいのです」

「わかりました。それぐらいなら」

正直、見つける自信はなかった。

この国だって広いしね。でも、石版がもたらす情報は、ソフィアちゃんたちみたいな魔法使いには危険じゃなくても、普通の人には十分に危険なものらしかった。じゃあ、魔王さんのところで管理されててほしいよね。あんまり自信はないけど、やれることはやろう。

魔王は安心した表情を目元に浮かべて頷《うなず》く。

「ありがとうございます。赤目殿のような強き存在と縁がもててよかったです」

私のほうは魔王とこんなことになるとは思わなかったよ……

ちょっと疲れた思いでそう思っていたら、魔王がまた私に話しだした。

「さて本題ですが」

え？　さっきのが本題じゃないの!?

びっくりした私に、魔王の幻影がずずいと近づいてきて、至近距離から本題を述べてくる。

「お世話になっている娘のハナコなんですが、最近特に頻繁《ひんぱん》にあなたのもとへ訪れているとか」

私はぎくっとなった。

これは非常に覚えがあるやり取りだ。娘をもつお父さんと話したときにありがちな……

私はアルセルさまの身の安全を考え、誤魔化《ごまか》すことにした。

「ハナコさんも遊びたい盛りですしね。そういう年頃なんでしょうね、はは」

しかし、魔王はずずいとさらに映像の顔を私に近づけてくる。

「それで、好きな男性がいるのだとか……」

「そ、そうなんですか？　初耳ですねー。何かの間違いじゃないでしょうか。ほら、ハナコさんはよく言えば無邪気な性格ですから。恋なんかはまだ早いと……」

魔王は少し沈黙すると、ぼそりと囁《ささや》いた。

「アルセルさまとは、どのような方ですか……？」

ハナコォォオオオオオオオオ、思いっきりバレとるやないけー！

ハナコが思いを寄せる男性の名前は、父親である魔王にすっかり漏れていたようだ。

頭がズキズキ痛みだす。

やばい、これはやばい。下手すると殿下の命の危機に、いや国家の危機に発展しかねない。ヴェムフラムとは比べ物にならない本物の危機的な感じで。

「その、私も過保護だと思うのですがね。しかし、大事な娘ですから。もし悪い男に引っかかっては、ほらわかるでしょ？　父親として、見過ごせないというか。そもそも、まだ娘の年頃では恋人を作るなど早いと思うんですよ。そうですよね？　ね？　その、娘をたぶらかした、と言ってしまうと聞こえが悪いかもしれません、失敬。まだそんな悪い男と決まったわけではありませんからね。そうです、私も冷静に対処しなければいけません。だからこそお聞きしたいのです。ええ、聞かなければなりません。それが父の義務というものです。娘を大切に思う親として当然のことではないでしょうか。そのアルセルさまというお方とは、赤目殿もどうやら親しいようですね。ぜひとも、どのような方かお聞かせ願えないでしょうか………ね⁉」

犬の骸骨《がいこつ》の奥の金色の瞳をぐるぐるさせた魔王に、私は冷や汗をだらだらかきながら、できるだけにっこりと品の良い笑顔を作って答えた。

「アルセルさまはとても素晴らしい方です。優しく紳士で、身近な人みんなに慕《した》われています。とても分別のある方で、人の道に外れることは決してしません。ハナコさんとは歳も離れていますし、魔王さんの言うような心配はないかと存じます。アルセルさまにとってハナコさんは、甘えてくる小さな妹みたいな存在ではないでしょうか」

「……そうですか、どうやらとても良いお方のようですね。いや、杞憂《きゆう》でした。失礼しました。ハナコともまだそういう間柄に発展する可能性はなさそうということですね。とても安心です。赤目殿がそう言ってくださるなら信用できます」

魔王は金色の瞳に、笑みを取り戻して頷《うなず》いた。

私もアルセルさまの危機を回避できてほっとする。

「初対面で女性の角を撫でるようなナンパな男だったらどうしようかと思ってましたよ、

ははは」

「はは……。そうですね……」

私はさっと糸目《いとめ》をそらしながら、乾いた声で頷《うなず》いた。どうしようって、どうするつもりだったんだろう……。いや、考えまい。

「赤目殿、今日はありがとうございます。とても助かりましたし、非常に有意義な時間を過ごせました。あ、この神の鍵はお返ししますね」

また空間から腕が出てきて、◯ッ◯ルペンシルさんを私の手のひらに置いていった。

おかえりなさい、◯ッ◯ルペンシルさん。

「それでは、またお会いしましょう。神変《しんぺん》なる赤目の強者殿」

そう言うと魔王は消えていった。床に気絶したハチを残して。

……連れて帰って？

第三章　Sランクの冒険者

ポムチョム小学校でお世話になってる先生の一人、ウィークマン先生。

弱気な性格だけど優しいその先生に、私は放課後、呼び出しを受けていた。

何かしたっけ。そう考えながら職員室に着くと待っていたのは、困った感じの顔の先生だ。

「よく来てくれましたね、エトワくん……。あらかじめ言っておきますが、今から話すことは、君が少しでも嫌と感じたら、すっぱり断ってくれてもいい話なんです」

ん？　お説教かと思ったけど、何かのお願い事だろうか。

ウィークマン先生の表情は、その話を私にすることにかなり躊躇《ためら》いがある様子だった。

「Sランクの冒険者から、君に臨時のガイダーを頼めないかって話が来ているんです」

「ええええっ!?」

話の概要はこうらしい。

Sランクの冒険者パーティーの専属ガイダーが馬車の事故で怪我をしてしまった。そういうときは、しばらく冒険を休むのだけど、そのパーティーはすでにとある依頼を受けていて、期限が残り十五日に迫っている。

一方、ガイダー業界は繁忙期《はんぼうき》で、まともなガイダーはみんな冒険に出てしまっていた。

普段ならガイダーなしで強行するところだけど、今回の目的地はガイダーの力が必須といわれる場所。四方八方に話をして探し回ったところ、最終的に私に行き着いてしまったらしい。

「ええ、なんで私なんかに⁉」

「実はうちの先生たちがですね……。酒場でガイダーの天才児とか、百年に一人の逸材とか、君のことを自慢しちゃったことがありましてね……。本当にすみません……」

なんとっ……！

「それで冒険者ギルドでも噂《うわさ》になっていたらしく、そのパーティーの人たちも聞きつけて、伝《つて》を使ってこちらに連絡を取ってきたんです」

「びっくりです」

私はシンプルに今の自分の気持ちを伝える。

「はは、ガイダーを目指す子は少ないですからね。おまけに君はとても優秀ですから、どうしても噂《うわさ》になってしまうんです。実際、僕たちも知識は教えられても、実地ではもう君に敵《かな》いません」

なんかすごい褒めちぎられてる。びっくりもするけど、ガイダーを目指すようになってからしてきた努力の成果が認められた感じがして嬉しい。えへへ。

喜ぶ私にウィークマン先生も少し微笑んだ。でも、すぐにその表情は厳しくなる。

「ですが、今回はSランク冒険者の活動圏に行きます。当然、死の危険がある場所です。冒険者時代に大恩がある方からの要請なので、義理として話は通しましたが、私はエトワくんにこの話を断ってほしいと思ってます」

ここまではっきり言うのは、私が断りやすいようにしてくれてるんだと思う。それでも話だけは通したってことは、よっぽどの恩がある人なんだろう。

ウィークマン先生も大変だよね、そう考えて私は、一つその行動のおかしな点に気づいた。

「あの、そもそも依頼の内容ってなんなんでしょうか。私にまで話が来るなんて、依頼者も相当困ってると思うんですけど」

普通、依頼について断るか受けるか判断させるときは、まず依頼の内容を話すと思う。だけど、ウィークマン先生は、それについてまったく話さず、私に断らせようとしてた。

私の質問にウィークマン先生が苦い顔になる。やっぱり……

きっと、聞いたら断りにくい内容だからじゃないかな～。

「君は本当に聡《さと》い子ですね……。内容を聞けば断りにくくなります。それでも聞きますか？」

「はい」

私は頷《うなず》く。引き受けるにしても断るにしても、どんな依頼か聞いてからにしたい。

「わかりました。依頼内容はメイズの森の奥に生える薬草を採ってくることです。実はある商人の娘が重い病気にかかって、その薬草から作った薬を必要としているらしいんです。ですが、今年はその薬草が稀《まれ》に見る不作で、市場からすぐに消えてしまいました。栽培されてるものは、もうどこを探してもなく、あとは野生種が存在するメイズの森から採ってくるしかありません」

なるほど、どうりでウィークマン先生も挙動不審になるわけだ。人の命に関わる話だもんね。先生は私に話すか話さないか、その点でも悩んだんだと思う。

まあ、そういう難しい話は置いといて、そんなに困ってる人がいたら助けたいよね。

「そういう危急《ききゅう》の事情なら、引き受けようと思います！　先生！」

ビシっと手を挙げた私に、ウィークマン先生は申し訳なさそうに笑った。

「君ならそう言うんじゃないかと思ってました……。道中はSランク冒険者が護衛してくれますが、君も自分の命を最優先に行動してください」

「はい！」

次の日、早速Sランク冒険者の人たちと面会することになった。

リンクスくんたちには心配させないように、冒険者学校での泊まりの授業だと言っておいた。

待ち合わせ場所は、冒険者ギルド近くの公園だ。

お昼ごろに公園に着くと、冒険者らしき人たちがすでに私を待ってくれていた。

今回、同行させてもらうウイングさんたちのパーティーだと思う。Sランクとしては駆け出しだけど、活躍《かつやく》めざましく今注目されているらしい。

私は大きなバッグと地図を持って、いかにもガイダーという格好だった。髪は動きやすいように後ろで括《くく》っている。

「ほ、本当に小等部の子なんだな……」

待ち合わせ場所に私が姿を現すと、ウイングさんたちは呆然と私を見る。

知ってはいたんだろうけど、実際に確認して戸惑ってるみたいな表情だった。

「ガイダーを勉強中のエトワです。よろしくお願いします」

私はぺこりと頭を下げて挨拶する。

「ああっ、ごめんね。僕はこのパーティーのリーダーのウイングだよ。クラスは剣士だ。よろしくね」

「俺はサルド。戦士だ」

「俺はウルド。サルドとは双子の兄弟だ。同じく戦士をしている」

「あたしはフェネッサ。こう見えてもSランクの魔法使いよ。よろしくね」

「僕はリロっていいます。回復魔法を使うヒーラーです。よろしくお願いします」

私はウイングさんのパーティーの自己紹介を聞いて、衝撃を受ける。

戦士系多い!!

そりゃそうだよね。冒険者って肉体勝負だし、そもそも魔法を使える人材は希少だし、そりゃ使える人材集めようとしたら戦士寄りになるだろう。

勇者、戦士、魔法使い、僧侶なんて黄金率の組み合わせは、ゲームの中でしかないのだと知った。ましてや僧侶から賢者にクラスチェンジなんて夢のまたゆ――

話がそれた。

ウイングさんのパーティーは、戦士三、魔法使い一、ヒーラー一のパーティーだ。フェネッサさん以外は男性で、男女比は四対一。リーダーのウイングさんは結構なイケメン。

ちなみに回復魔法を使えるヒーラーも、本当は魔法使いなんだけど、冒険者の中ではクラスで区別されている。基本的に貴族以外は一系統の魔法を使うのが精一杯だし、クラスとはそもそもパーティー内での役割分担を表すものだからだ。

「聞いてはいましたけどあらためて目の前にすると、子供のガイダーというのは戸惑いますね……」

「仕方ないでしょ。期限を考えたら、今日、明日出発でもぎりぎりよ」

「俺たちが守ってやれば問題ない」

「だが、この子で本当にメイズの森を攻略できるのか……？」

やっぱり、小学生のガイダーということで、みなさん戸惑っているようだった。ウィングさんがしゃがんで目線を合わせて、優しい声で話しかけてくれる。

「信用ある人の紹介だから疑っているわけじゃないんだけど、一応、君の力をテストさせてもらっていいかな？　メイズの森はガイダーの力量で攻略の成否が左右される場所だから、どうしても実力を把握しておかなければならないんだ」

「はい、大丈夫です」

そりゃ、小学二年生が臨時とはいえパーティーメンバーになるんだから不安にもなるよね。

「何をすればいいですか？」

そう尋ねる私に、ウイングさんは公園の地面に刺してあった杭《くい》を一つ指した。

「メイズの森にいると思って、あそこの杭《くい》までの正確な距離を測ってもらえないかな。もちろん、ガイダー用の測量器を使っていいよ。君のペースで、ゆっくり測っていいからね」

「十五・五三メートルです」

私は即答する。

それを聞いてウイングさんが苦笑いしながら私に言った。

「ごめん、聞き方が意地悪だったね、メイズの森が迷いの——」

「違うわ、ウイング。さっきので正解よ。一センチもズレがないの……」

ウイングさんの言葉を遮《さえぎ》るように、フェネッサさんが言った。

その表情は信じられないものを見たというような表情だった。

私としてもウイングさんの出題の意図は理解していた。今回入るメイズの森は、迷いの森と呼ばれる森だ。何も準備せずに中に入ると、遭難して出てこられなくなってしまう。

なぜ、そんなことが起こるかというと、森全体を異常なマナが覆《おお》っていて、周囲の景色を歪ませて見せているらしい。まっすぐ歩こうとしても、少しずつ右に曲がったり、左に曲がったりしながら移動することになる。

だからガイダーをパーティーに入れて、周囲の景色の歪みを常にチェックしながら進まないと、まともに移動ができないのだ。歪みをチェックするには、測量器を使って正確に距離を測り、パーティーの進路を常に修正していくしかない。

それにはかなりの高度なスキルが必要だ。

そういうわけで臨時のガイダーが、その肝心なスキルをもってるかどうか見るために、あらかじめ私たちのいる場所から杭《くい》のある場所まで景色を歪ませる魔法がかけてあった。でも、この魔法、心眼〈マンティア〉と天輝さんのサポートの前には何の意味もないのである。

心眼が周囲の情報を集めて、天輝さんが分析して、すぐに正しい数値を教えてくれる。

「曲率《きょくりつ》は〇・九ってとこでしょうか」

「そんなことまでわかるのか⁉」

「あたしのかけた魔法の数値通りよ……」

曲率《きょくりつ》はどれくらい周囲の景色が歪んでるかの数値だ。本番の森では、場所によって変動するので、そこでも熟練のガイダーの対応力が要求されるはずなんだけど、私の場合、反則なことにリアルタイムでどれくらい歪んでるかわかるし、おまけに正確な位置関係も見えてる。

天輝さんの情報処理能力と合わせれば、距離なんて一瞬だ。

あっさり杭《くい》までの距離を当ててみせた私に、ウイングさんたちが驚いた視線を送る。

「こ、これは本当に噂《うわさ》通りの天才かもしれないな……」

「ええ……こんなことできるガイダーなんて見たことないわ……」

「すごいです」

やれやれ、こんなことで目立つつもりなかったのになぁ。

えっへっへ～。


ガイダーとして合格判定を受けて、パーティーに入れてもらったら、次は冒険に必要なアイテムを買い揃《そろ》えるターンなんだけど、ウイングさんたちはすでにアイテムを準備していた。

なので、すぐに出発することになった。

依頼の期限はあと十四日で、まずは馬車で二日ほどかけてメイズの森の近くまで行く。

そこからは徒歩でメイズの森に入って、目的の薬草が生えている奥地へと向かう。

メイズの森との往復で七日ほどはかかるらしい。そう考えると結構ぎりぎりだ。

さすがSランク冒険者というか、馬車はウイングさんのパーティーの貸し切りだった。

これが普通のパーティーだと、乗り合い馬車で目的地に向かうのでもっと時間がかかる。

御者《ぎょしゃ》はサルドさんとウルドさんが交代で担当してくれていた。

私は馬車のかごでゆっくりさせてもらってる。

「それにしてもすごい才能ね。あんな一瞬で距離を測るなんてどうやったの？」

ぼーっとしていると、パーティーの紅一点《こういってん》で魔法使いのフェネッサさんが話しかけてくれた。

「心眼〈マンティア〉ってスキルなんです。目が見えない代わりに、小さな魔力を周囲に放って、それで周りの様子を見ているんです」

「え、目が見えないの!?　そんな風には見えなかったけど……」

「心眼のおかげで周りの状況はわかるので大丈夫です。普通の人の目より便利かもしれません」

「糸目《いとめ》なのはそのせいか。てっきりものすごく目が細いのかと思ってたぞ」

「サルドさん、失礼ですよ」

双子戦士の兄であるサルドさんの言葉を、ヒーラーのリロさんが慌てて咎《とが》める。

サルドさんは首をかしげた。

「そうか？」

「大丈夫です。そんな感じの顔ですから～」

私もこの糸目《いとめ》の顔が自分の個性だと思っている。美少女計画は破綻《はたん》したけど、悪くないよね。周りからも外見だけは癒《いや》し系だって言われるし。

ちょっと離れたところで剣の手入れをしていたウイングさんも興味深そうに話に入ってきた。

「すごい力だね。心眼を使えば、さっきみたいに距離も測れるのかい？」

「はい、見方によっては俯瞰《ふかん》にしたり三百六十度見れたりします。距離もちゃんと集中すれば正確に測れますよ～。普段は疲れるから、前しか見てないですけど」

「う～ん、ガイダーになるために生まれてきたような子ね……本当にすごいわ」

「チャックリより優秀かもしれんな」

「チャックリ？」

聞き慣れない名前に首をかしげると、リロさんが教えてくれる。

「僕らのパーティーのガイダーです。足を骨折してしまって、今は宿屋で休んでいます」

なるほど～、と思って、私はふと疑問を覚えた。

「骨折なら回復魔法で治せばよくないですか？」

ヒーラーのリロさんがいるのだ。回復魔法で治せばいいと思う。

私の言葉に、サルドさんが笑った。

「ははは、天才児とはいえ、まだ子供だな。回復魔法で骨折みたいな重い怪我を治そうとしたら、一週間はかかるぞ」

ええ、そうなの!?

でもミントくんはもっとひどい怪我でも一瞬で治してくれるよ。アルセルさまだって重度の火傷《やけど》を負った私を天輝さんの力で持ちこたえられるぐらいに治してくれた。

「回復魔法の効果っていうのはせいぜい軽い裂傷《れっしょう》を治すぐらいです。重傷になったら応急処置ぐらいしかできないので、十分に気をつけてくださいね」

「エトワちゃんはもしかしたら冒険小説でも読んだのかな？　ああいうのはファンタジーよ。ちゃんと治療になるレベルの回復魔法が使えるヒーラーってだけで本当は貴重なんだから。まあ、あたしはさらに貴重な戦術級の魔法の使い手だけど！」

「あはは……」

フェネッサさんの自慢交じりの解説に、ヒーラーのリロさんが苦笑いする。

サルドさんがちょっと愚痴の交じった口調で言った。

「まあ貴族やそれに仕えるレベルの魔法使いなら骨折なんか一日ぐらいで治療できちま

うのかもしれないが、そんなのに頼んだらパーティーが破産しちまう」

なんか私の知ってる魔法の常識と全然違う……

ミントくんとか、かなりの重傷でも『はいほい……』って治しちゃうのに……

もしかしたら冒険者と貴族って、かなり魔法のレベルに格差があるのかもしれない。

自分のことを全然だめだっておっしゃってたアルセルさまも、冒険者になればトップクラスのヒーラーになるんじゃないかな……

私と冒険者の人たちの認識のギャップに驚いていると、ウイングさんがまた尋ねてくる。

「ところで会ったときから気になっていたんだけど、その額に書かれた紋様《もんよう》はなんだい？」

ウイングさんたちは失格の印を知らなかったらしい。貴族で知らない人はいないけど、平民の中には、知らない人もそりゃいるよね。

フェネッサさんも首をかしげる。

「最新のおしゃれ？　でも失格って書いてあるわよね。もしかしていじわるな子にいたずら書きされた？　エトワちゃん……誰かにいじめられてるならお姉さんがとっちめてあげるわよ！」

「いえいえ！　そんなんじゃないですよ、これは～～」

なんか普段接しない人と接すると、自分が慣れすぎてたことにどんどんツッコミが入ってきて、ちょっと衝撃。説明をしようとすると、馬車が止まってウルドさんの声が聞こえた。

「村に着いた。一旦、休憩するぞ」

そこで話は流れてしまった。

まあ、いじめられてないことは伝えられたし、いっか～。


途中の村で何度か休憩を挟みながら、メイズの森へと向かう。

食事の支度もガイダーの仕事なんだけど、村の食堂で食べたりしたので出番はない。

最後の村に着いたら、そこで消耗品を補充して、森へと入っていくらしい。私は移動中に、森に入ったあとの献立《こんだて》なんかを考えておく。

二日目のお昼のあとの休憩中、フェネッサさんが話しかけてくれる。

女同士だし、いろいろ気にかけてくれてるみたいだ。

「ねぇねぇ、あたしの魔法見てみたくない？　見せてあげよっか？　Sランクの魔法使いの魔法なんてめったに見れないわよ」

「わ～、お願いします！」

戦士にステ全振りしちゃったけど、魔法ってわくわくするよね。

きらきらしていて、幻想的で、ソフィアちゃんたちが練習してるのを見ると、うっとりしてしまう。護衛役の子たちは容姿も綺麗だから、魔法を使う姿はさながら妖精みたいなのだ。

ソフィアちゃんは光の妖精か天使、リンクスくんは火の妖精、ミントくんはケットシーみたいなマスコット系かな。クリュートくんはちょっと捻《ひね》くれ者の土の妖精、スリゼルくんはダークな感じの妖精というか精霊みたいな感じかもしれない。

「フェネッサ、魔力は無駄遣いするな」

ウルドさんから注意がきたけど、フェネッサさんは軽く流す。

「ふふん、森に入るのは明日からだから、一発だけならいいでしょ。ほらほら、ついてきて」

「は～い」

人気《ひとけ》のない広場に移動すると、フェネッサさんは早速、詠唱《えいしょう》を始めた。

五分を超える長い呪文だ。

これはすごい魔法が見れるかも、とドキドキわくわくしていた。けど、この呪文、どこかで聞いた覚えがあるような気がするんだよね。

その違和感に首をかしげていると、フェネッサさんの魔法が完成した。

『大気圧縮弾《エアーボム》!!』

フェネッサさんの十メートルぐらい先で空気が圧縮されていく。それはある一点で固まると一気に爆発を起こした。

こ、これは……!!

爆発が起こって、周囲の草木が吹き飛んだ。

フェネッサさんが腰に手を当てて、誇らしげな表情で私に笑う。

「ふっふっふ、どう?」

「よりにもよって、一番強くて消耗の激しい戦術級魔法を……」

ウルドさんが頭を抱えるけど、私は感動して叫んだ。

「すごいです！　これってソフィアちゃんたちがよく使ってた魔法なんですけど、大気圧縮弾《エアーボム》っていう魔法だったんですね！　初めて名前を知りました！　なんか感動です！」

あの子たち、やたらと詠唱《えいしょう》を省略しまくるから、いまいち魔法名がわかんないんだよね。

だからそれを知れたのがすごく嬉しい。

「よ、よく使う……？　大気圧縮弾《エアーボム》を？」

「ソフィアちゃんたち……？」

「はい、最近はそんなにですけど、一年生のころはたくさん使ってましたよ。やっぱりポピュラーな魔法なんですか？」

「ちょ、ちょちょっと待って、どういうことなの？　大気圧縮弾《エアーボム》を一年生から使ってたって本気で言ってるの？　そのソフィアちゃんたちっていうのはどういう人たちなの？」

「冗談にしか聞こえないが……」

んっと、あらためてソフィアちゃんたちのことを説明しろと言われると難しい……

「四歳のころからずっと一緒にいる、同い年だけど私にとっては妹や弟みたいな存在で」

「あなたと同じ歳で戦術級魔法を!?　しかも一人じゃなくて、複数人の子供が？」

「あ、やっぱりすごいんですね。なんか慣れすぎて実感が湧きにくくなってたんですけど、侯爵家の子供だから、みんなすごく魔法が得意なんですよ！」

自慢の弟たちと妹です。

私の説明にフェネッサさんとウルドさんの口があんぐりと開く。

「こ、侯爵家……!?」

「ちょ、ちょっと待ってくれ。エトワ、お前、侯爵家のご子息と知り合いって何者なんだ？」

あれ？

そういえば名前しか言ってなかったっけ。冒険者カードっていうのがあって、普通、自己紹介はそれでやるんだけど、私の場合、まだ作ってないから名前を告げただけだった。

「すみません、伝え忘れてたかもしれません。私の名前はエトワ・シルフィールです。シルフィール公爵家の娘です。噂《うわさ》通りの失格者ですけど」

「えっ……えっ……ええええええ!?」

「なんだとぉおおおお!?」

私の自己紹介にフェネッサさんとウルドさんが叫び声をあげた。

言葉にしなきゃ伝わらない、そんなJ‐POPにありそうな歌詞が、何よりも大切だって、天輝さん、今回の件は教えてくれるね？

『悟るにしては遅すぎるタイミングだがな』

「公爵家のお嬢さんかぁ……」

「ど、どうしましょう……」

広場から戻るとウイングさんたちが困った顔で言う。

あんまり気にしてなかったけど、噂《うわさ》は知ってても公爵家の娘ってことまでは伝わってなかったのかもしれない。ポムチョム小学校の先生たちは、普通の子供と同じように扱ってくれてるし、私もその、普段から全然気にしてないから、すっかり忘れていた。

「いやぁ、でも息女としては失格の判定を受けた身なので、みなさんが心配されるようなことはないかと思いますよ」

ウイングさんたちとしては、公爵家の娘を連れてメイズの森に入ることに躊躇《ためら》いを感じてるらしい。でも、公爵家からは排斥《はいせき》された身だ。ウイングさんたちの心配は杞憂《きゆう》だと思う。

「じゃあその額のは、噂《うわさ》になってた失格のしるしなのね……」

フェネッサさんがようやく合点《がてん》がいった表情で、私の額を見る。

「う～ん、そう言われてもね……」

「失格の烙印《らくいん》を受けたといっても、本当の子供なのだから愛情がないわけないだろう。もし何かあれば、パーティーが公爵家に睨《にら》まれることになる」

ウイングさんとサルドさんの言葉に、私は首をかしげる。

「そういうものでしょうか？」

「少なくとも俺たちにとってはそうだ。貴族さまはどう思うか知らんがな」

サルドさんからそう返され、ちょっと落ち込む。

フェネッサさんが「こらっ」とサルドさんの頭を肘《ひじ》で突き、サルドさんもすぐ謝ってくれた。

「すまん。言いすぎたようだ」

「いいえ、私も大事なことなのに話してなくてごめんなさい」

お互いに頭を下げた。

そんなやり取りを見ながら、ウイングさんがため息を吐《つ》いて言う。

「それにしてもどうしようか。もともとガイダーが見つからなくてエトワさまにまで話をもっていったのに、ここで代わりなんてそれこそ見つかるはずもないしな……」

「あの、このまま連れていってくれませんか？　必ずお役に立ちますから」

「そう言われてもね……」

「もともと私のことは守ってくれる約束でしたよね」

「それは……確かに……」

その言葉に、ウイングさんたちはうっとなった。

「そうだな。子供を連れていくと決めた時点で、絶対に無事に帰すって決めてたのは俺たちだ」

「そうですね、エトワさまの身分が想定外すぎて大切なことを見失ってました」

おお、ウイングさんたちも前向きになってくれた。

ここはもう一押し！

「困ってる娘さんがいるんですよね！　私も助けたいんです！」

会ったことはないけど病気で困ってる子がいるらしい。

助けたいじゃないか～。

私の言葉に、ウイングさんたちもふっと笑った。

「もともと無茶な話を通したんだ。やるしかないか」

「あらためてメイズの森のガイドをお願いできますか、エトワさま」

「はい！」

私はウイングさんたちの依頼を再び受けて、胸をどんっと叩いた。


いろいろあったけど、ついにメイズの森に入るところまでやってきた。

最後の村には冒険者用のお店があって、消耗品や食品なんかはそこで補給する。

「余分な荷物はここに入れてくださ～い」

私は重量軽減の魔法がかかったバッグを開いて、余分な荷物を募集する。

「う～ん、メイズの森のガイドは引き受けてもらったが、小学生に荷物を持ってもらうのはな」

「そうだな、気が引ける……」

「大丈夫です。このバッグに入ってるととても軽いですから。みなさんがちゃんと動けるようにするのもガイダーの仕事です」

私がそう言うと、お礼を言いながら荷物を入れてくれた。そのバッグを私が背負う。

いよいよ、ここからが冒険の本番だ。

準備ができた私たちは、村を出て森に足を踏み入れる。メイズの森はルヴェンドから東に行ったところにある世界でも有数の迷いの森だ。実は森に入っても、すぐに迷いの森になるわけではない。野原と森の境界から一キロほど歩いたところから、徐々に景色の歪んだ森へと変わっていくそうだ。

森に入った瞬間、私は驚いた。

「なんですかこれ！」

そこら中に生えてる木に、たくさんの印がついてたのだ。

見渡す限りにあるほとんどの木に、矢印や×印みたいな傷跡がついている。

フェネッサさんがそれを見てため息を吐《つ》きながら言った。

「たまにそうやって印をつけて、森を攻略しようって冒険者がいるのよ」

「迷いの森に入れば、植物の再生は速くなるし、そういう甘い考えの冒険者は戻ってこれなくなるか、別の冒険者に命からがら助けてもらうことになるのがオチだけどな」

なるほど～。

教えてもらった通り、木についてた印は、森に入ってしばらく経つとぱったりと消える。それと同時に、私の心眼が周囲に妙なマナが働いてるのを伝えてくる。

前方を歩いていたウイングさんとウルドさんの足がいきなり右にそれ始めた。

「ウイングさん、ウルドさん、左に五度ぐらい行き先を修正してください」

「わかった、これぐらいかな」

「はい、大丈夫です」

迷いの森にも、先輩冒険者たちが作ってきた魔物除《よ》けのキャンプ地がある。まず目指すのはその第一キャンプ地点で、まっすぐ歩けば着くはずなんだけど、こうしてずれていく。

しばらく進むとかなり景色の歪みがひどい場所に行き当たった。

ウイングさんたちの足取りも、今度は左にずれていく。

「もうちょっと右です。二十度ぐらい、ゆっくりと～。そうです～そうです～」

「リアルタイムに修正できるのか……。さすがウィークマンさんたちから天才と呼ばれるガイダーだな……」

「普通は立ち止まってから、進路を計算しなおして修正していくんだけどね」

「もしかしたら予定より早く着くかもしれませんね。すごいです、エトワさまは」

おお、これは人生で二度目のさすがタイム。ちなみに一回目は小学生相手に卵焼きを作れるのを自慢したときだ。

鼻高々《はなたかだか》だけど調子に乗ってはいけない。今は真剣な場面だしまじめにやらないとね。

キリッ。


現在も第一キャンプ地点を目指して移動中だ。

徒歩での移動になるので、本来なら歩幅の違うウイングさんたちと一緒のペースで歩くのは大変なんだけど、今回は特別なシューズを履いてるから大丈夫。

今、私が履いている、羽飾りがついたシューズ。

風足《ふうそく》のシューズ（子供用）というらしい。可愛らしいけど立派なマジックアイテムで、これで歩くと体がふわりと跳んで、大人みたいな歩幅で歩ける。

ちなみにウィークマン先生が貸してくれた。

子供用はかかってる魔法が弱くても大丈夫だから、お手ごろな価格だけど、大人用になると値段がぐんと上がるらしい。

こういうマジックアイテムを作る魔法は製作系統というそうだけど、ちゃんと職人並みの技術を身につけないと使えないので、習得するのは大変らしい。

貴族だと扱える才能はもってても、習得しない人が多いんだとか。その魔法を使わなくたって、魔法の効果があるアイテムを作ることができるのも、その理由の一つかもしれない。

そんなトリビア。

とにかく靴のおかげでウイングさんたちと同じペースで森の中を移動できている。

パーティーの隊列は、ウイングさん、ウルドさん、私、リロさん、フェネッサさん、そしてサルドさんの順だ。

本来は私が一番前にいるのが早いんだけど、メイズの森はモンスターがいる。

だから、ウイングさんとウルドさんが前に立ってパーティーを護衛し、二人に方向を指示できるように私が三番目、次に後衛の人たちが来て、後ろをサルドさんがガードしているわけだ。

「五度左におねがいしま〜す」

指示にも慣れて、順調に進んでいたころ、木の陰からついにモンスターが飛び出してきた。

緑色の体をした子供のような身長のモンスター。お馴染《なじ》みのゴブリンだ。

ゴブリンってゲームや漫画によって強さはまちまちだけど、モンスター図鑑で調べたところ、この世界ではそれなりに強いモンスターみたいだ。

それもそうだよね。

人間同士で戦うってなっても脅威だもん。人間と似た魔物と戦うのもかなり大変だと思う。

子供のような身長といっても、中学生ぐらいあって、私よりは大きい。現実世界でも、大型の類人猿（チンパンジーやゴリラなど）が暴れると、すごく怖いしね。

「ギギギ！」

ゴブリンは鳴き声をあげながら、手入れのされてない錆《さ》びた武器で襲いかかってくる。

数は六匹。

結構な脅威のはずだけど、ウイングさんとウルドさんは相手の攻撃を避けると、それぞれの武器である剣と斧《おの》で切りつけた。飛びかかったゴブリンたちが、一撃で切り伏せられていく。

強い……かはわからないけど、たぶん強い！

後ろのサルドさんは、二人で十分と見てるのか動きもしない。

「ギギッ……!?」

仲間が一瞬でやられたことに、ゴブリンのほうが驚く。

「逃がさん！」

逆にウルドさんがゴブリンの群れに突っ込んでいった。

相手の攻撃を軽々と受け止めながら、斧《おの》で反撃していく。ウイングさんも素早い動きで後ろに回り込み、ゴブリンを挟み撃ちにする。

間もなく、ゴブリンたちは全滅した。

「ふふんっ、これぐらいの相手なら二人で十分よ」

「フェネッサ、お前は何もしてないのに自慢するな……」

「別にいいでしょ」

実際、フェネッサさんの言う通り、その手並みは鮮やかで余裕があった。

強さについては周りの子供たちのせいで感覚が麻痺《まひ》してしまったけど、その手際の良さから冒険者としての熟練っぷりが伝わってくる。

「そもそもメイズの森は、迷いの森だから攻略が難しいだけで、ほとんどのモンスターは大したことないよ」

ウイングさんが苦笑いしながらそう言う。

でも、やっぱり彼らはすごいんだと思う。


第一キャンプ地点にたどり着いた。

魔物除《よ》けがしてある円形の広場だ。中央にはかまどもある。近くには川も流れていた。

「まず水の補給をしてから、ごはんを作りますね〜」

私はバッグからバケツを取り出して水を汲《く》んで、えっちらほっちらと結界の中まで運ぶと、汲《く》んできた水の中に浄化石《じょうかせき》と呼ばれるアイテムを入れた。するとバケツの中の水が少しずつ綺麗になっていく。

浄化石は魔法がかかったアイテムだ。

ちょっと前に言った、製作系統の魔法とは違う方法で作られている。

魔石《ませき》と聞くとゲームなんかしてる人はすぐに察しがつくかもしれない。魔法を封じ込める性質をもった石で、魔法を込めると魔法を使えない人でもその力を利用できる。

浄化石には水を綺麗にする水系統の魔法が込められているのだ。

水というのはとにかくかさばるし重いので、できれば持ち歩きたくない。でも水がなければ人間は生きていけない。

冒険者にとって鬼門のような存在なのである。

そこで水場がある場所などを冒険するときはこの浄化石を持っていく。

普通に汲《く》んだ水を飲むのは危険だけど、浄化石を使えば飲める水が手軽にできる。材料は質の悪い魔石で十分なので、効果を発揮するのに時間はかかるけど、価格も安い。砂漠など水がない場所では、水が出てくる石が使われるけど、こっちは結構高い。

綺麗な水ができるまでには時間がかかるので、料理には冒険中に飲んでた水の余りを使うことにした。

料理の準備を始めると、ウイングさんたちは驚いた顔をした。

「料理も作れるのか」

「もちろん！　ガイダー見習いですから！」

「チャックリがいない間は、干し肉でも食べて過ごそうと思っていたが、それは助かるな」

「でも、そんなに小さいのに本当に料理できるの？」

ちょっと疑わしげなウイングさんたちに、私は腕まくりをして答えた。

「任せてください！　こう見えても先生たちに褒められるんですよ！」

そういうわけで早速、料理に取りかかる。

まず、かまどに火を入れて、持ってきたおなべに水と、包丁で切ったベーコンを入れていく。

水が温まっていき、ベーコンから出汁《だし》がお湯の中に溶けていく。

ベーコンは私たちの世界よりも塩が多めで保存性抜群だ。お湯に入れると、そのままスープみたいになる。

おなべは放置していても大丈夫なので、その間に私はバッグの中からお米と、最後の村で買ってきた玉ねぎを取り出した。

そして簡易テーブルの上で、玉ねぎを手際よく切っていく。

「おおっ、すごいな……」

「小学二年生だっけ、そうとは思えないな……」

私の手際に、ウイングさんたちが感心する。

ふふっ、こう見えても今世ではがんばったのだ。確実に転生前より私の料理スキルは高い！

切った玉ねぎを半分、おなべの中に入れる。

野菜の出汁《だし》も取らないとね。

そして準備が整うと、私はバッグの中から秘密兵器を取り出した。

「な、なに、それ」

「金属みたいに見えるけど、まるで紙みたいに薄いですね」

私の取り出したアルミホイルさんを見てみんな驚く。ふっふっふ。

クリュートくんとの共同開発で異世界でも生まれた料理の秘密兵器。キャンプ料理でも抜群の力を発揮してくれる、とっても便利なアイテム。

私はその性能を早速、見せつけることにする。

アルミホイルを人数分切って、お皿の形にしていくと、そこにお米を入れる。その上にベーコンと玉ねぎを並べると、おなべで取れた出汁《だし》をかけていく。

そしてアルミホイルでしっかりとふたを作り、密封すると、それを火の上にのせた。

「何をやってるか全然わからん……」

「ああ、不思議な調理法だね……」

「ちょっと不安になってきたわ」

アルミホイルを使ったキャンプ料理に、ウイングさんたちは圧倒される。

ふっふっふ、まあ見ていてください。

「おい、魚が獲れたぞ」

釣りに行ったウルドさんが、魚を人数分持ってきてくれる。

現地調達も、冒険では大切な要素だ。

「それじゃあ、それも調理しちゃいますねー」

私はささっと魚を受け取ると、包丁でお腹を切ってはらわたを取り出す。

普通はここから塩をふって、キャンプの火で焼くんだけど、きっと食べ慣れてるだろうから、ここは一工夫。

アルミホイルで魚とハーブとバターを包み、塩で味付けして、それも火にかける。

「ずいぶんと変わった調理方法だな……」

ウルドさんもアルミホイルでの調理に驚いていた。

それからしばらく待ち、料理が完成する。

まずは魚のアルミホイル香草焼き。

「お、おお……、ちゃんと焼けてるんだな。この紙みたいなのも燃えなかったようだし」

ウルドさんが恐る恐るアルミホイルを開けると、いい感じに焼けた魚が出てくる。

みんな意外と普通の料理ができて驚いていた。

それから、魚を一口食べて驚いた声をあげる。

「蒸し焼きみたいになってるね！　香りがよくてとても美味《おい》しいよ！」

「塩焼きも美味《おい》しいけど、これはこれで美味《おい》しいですね！」

「あたしは断然こっちのほうが好き！　ちゃんとしたレストランで出てくる料理みた

い！」

アルミホイルでの香草焼きは好評だった。

それから間もなく、お米料理のほうも完成する。

ベーコンスープの炊き込みご飯！

ウイングさんたちは今度はわくわくした顔でアルミホイルを開けていく。

「わぁ、美味《おい》しそう！」

「これは炊き込みご飯か。冒険でここまでしっかりしたものが食べれるとはな」

「うん、美味《おい》しいな。ちょっと味が濃いけど出汁《だし》がお米に染みている」

ありゃ、ちょっと味付けが濃すぎたみたいだ。

でも、長距離を歩いてきた冒険者の人たちには好評だった。

「まさかガイドだけでなく、料理の腕もいいとは思わなかったな」

「迷いの森を案内できるだけでも希少ですからね」

「もうずっといてほしいわ」

私は心の中でガッツポーズする。

毎日、侍女さんたちに料理を習い、アルミホイルの活かし方を考えたかいがあった。

アルミホイルを作ってくれたクリュートくんのおかげでもある。

こんなに便利なモノがあるのだ。世界にも広めたい。

ウイングさんが興味津々《きょうみしんしん》で、お魚とご飯が入っていた銀色の紙を見つめる。

「この銀のような紙はなんだい？　見たこともないアイテムだけど」

「それはアルミホイルです。アルミっていう金属をうすーく引き延ばしたもので、いろんな形にできるし、火にかけても大丈夫だし、とても便利なんですよ～」

「へぇ、すごいなぁ。どこで手に入れたんだい？」

「友達に作ってもらったんです！　もしよかったら冒険の終わりに一つ差し上げましょうか？」

「ええ、いいのかい!?」

いいですとも。

実は料理用に一つ、予備に一つ、布教用に一つ持ってきたのだ。

お願い券をあげてから、クリュートくんもなぜかちゃんと作ってくれるようになって、供給が安定してきたから。

「はい～、ぜひ使ってください～！」

異世界のご家庭すべてに、この便利なアルミホイルを。

とりあえず、Ｓランク冒険者さんの懐《ふところ》にはまぎれ込ますことができた。

人類にとっても、アルミホイルさんにとっても大きな一歩だ。

森に入って二日目のお昼。

私たちは切り立つ崖の前まで来ていた。

高さは五メートルほど。

この崖を登ると森の奥地へと足を踏み入れることになり、目的の花もそこに生えているらしい。

奥地に入る冒険者は少ない。入ってすぐのところはそこまで危険じゃないけど、少し進むと恐ろしい魔獣がうろついているらしい。

ウルドさんが呟《つぶや》く。

「ここまで三日ほどかかる予定だったんだがな……。二日で着いてしまったか……」

「普通なら道を修正しながら歩きますからね。エトワさまのおかげです」

当初の予定より、早く着いてしまったけど、今回の依頼の場合、早くても困る人はいないから大丈夫だよね。

「あっちに登れる場所がある。行こう」

ウイングさんたちは前にも来たことがあるらしい。

慣れた様子で、崖の近くまで歩いていく。

この崖も普通の人から見ると、全然別の方角にあるように見えたりするらしい。迷いの森っていうのは恐ろしい。

ウイングさんたちが立ち止まった場所に、崖を下から上へと登れそうな細い道があった。

道は緩いジグザグを描きながら、崖の上まで続いている。決して平坦ではなく、ところどころでこぼこしてたり、へこんだりしている。

慎重に登らないと、足を滑《すべ》らせて落ちてしまいそうだ。

「登れるかい？」

「荷物を持ってやろうか？」

ウイングさんたちが心配して尋ねてくれる。

「ありがとうございます。でも、大丈夫です」

私は首を横に振った。

登ってるときもモンスターに襲われないとは限らない。私の荷物を預けると、戦える人の動きが悪くなってしまう。

「よっぽど奥地に行かない限り、この森であたしたちが苦戦するようなモンスターは出ないわ。もうちょっと甘えてくれていいのよ」

「はい、大変なときは頼らせてもらいますね」

パーティーの要《かなめ》は役割分担だ。

実際、ウイングさんたちはここに来るまで、ほとんどのモンスターを倒してくれていた。

私もガイダーとして彼らのサポートをしなければならない。

子供だからと気を遣ってもらってるけど、できることはやらねば。

私なりに仕事をきちんと果たそうとしてるのを察してくれたウイングさんが、頷《うなず》いて
「よし、登ろう」と指示を出してくれた。崖に沿うようにある細い道を、慎重に登っていく。

ぐらぐらとした石の感触と、ところどころにある溝が、これが自然にできた道なのだ
と教えてくれていた。

ゆっくり慎重に私たちは、その道を登っていく。

「この上に出たら、あとは花を採って終わりだ。モンスターの強さも、そのあたりまで
なら下と変わらない」

どうやら依頼はほぼクリアといった状態のようだった。

そんなときこそ、悪いことが起きるのが定番だった。

道の半分ぐらいまで差しかかったところで、

「グルルルッ!!」

そんな獣のような唸《うな》り声が聞こえた。

この森に出た獣型のモンスターといえば狼みたいな魔物だ。二十匹ほどで、普通の狼よりも体が大きかったけど、強さはそんなでもなく、ウイングさんたちに蹴散《けち》らされてた。

でも、今の唸《うな》り声は、その魔物とはまるで違った。

ただ唸《うな》っているだけなのに周囲の空気が震えるほどの迫力だ。

「あそこです！」

私は心眼でいち早く相手を見つけ出して、ウイングさんたちに指で方向を指し示す。

崖の上に巨大なモンスターがいて、こちらを睨《にら》みつけていた。

ネコ科のような外見でミントくんが連れていた魔獣にちょっと似ている。ミントくんのと比べると、体格が二倍近くあって、ダックスフントみたいに胴が長いのが特徴だった。黒い体毛には、黄色い弧を描く模様がばらばらに入り、まるで警告色のようだった。

「ゴーガだ！」

その姿を見てウルドさんが叫ぶ。

「ゴーガ？」

「この森の奥地のさらに奥、最深部にいる魔獣だ！　なんでこんな場所に！」

「まずいですね。ものすごく縄張り意識の強い魔物です。ここ一帯を縄張りにしているとしたら、襲いかかってきますよ」

リロさんの言った通り、ゴーガの目はこちらを睨《にら》み、敵意に満ちていた。

「ここで襲われたらまずい！　ウルド、サルド、降りて相手を引きつけるぞ！」

ウイングさんの指示に従い、ウルドさんとサルドさんが、滑《すべ》るように崖を降りる。

それとほぼ同時に、ゴーガが崖から飛び降りて、私たちに向かって突進してきた。

「こっちだ、獣野郎！」

ウルドさんが咄嗟《とっさ》に斧《おの》を投げてゴーガの気をそらす。

投げた斧《おの》は厚い毛皮に弾《はじ》き返されたけど、ゴーガの意識はウルドさんのほうに向いてくれる。

「グガァアアアア!!」

ゴーガは巨体に似合わない速さでウルドさんに近づくと、その爪を振り下ろした。爪だけで大人の身長の半分ぐらいある。

「くっ！」

武器を失っているウルドさんは、咄嗟《とっさ》にそれを避けるが、攻撃がかすって皮膚が裂け、血が噴き出した。

すぐにサルドさんとウイングさんがその間に割って入り、ゴーガに攻撃を加える。

三人が戦っている隙に、私たちは崖を降りる。

無事に降り切ったあと、フェネッサさんが私に言う。

「あなたは隠れてなさい。あいつは私たちが倒すから」

「はい」

私は足手まといにならないように離れた位置に隠れながら、天輝さんをいつでも抜けるように準備しておく。

リロさんは私の傍《そば》について回復魔法の詠唱《えいしょう》を始めた。

ウイングさんとサルドさんがゴーガを引きつけてる間に、ウルドさんが斧《おの》を回収してこちらに走ってくる。

リロさんはそのまま回復魔法でウルドさんの傷を治した。

血が止まっていき、三十秒ぐらいして、腕が動くようになる。

するとウルドさんは、すぐに斧《おの》を持ち、ゴーガとの戦いの前線に復帰していった。

前衛職三人が揃《そろ》うと、ウイングさんが指示を出す。

「よし、俺がゴーガを引きつける！　ウルドとサルドはロープを使って、相手の動きを止めてくれ！　フェネッサは魔法の詠唱《えいしょう》を、魔力を全部使う気でやれ！」

「もうやってるわ！」

フェネッサさんはすでに魔法の詠唱《えいしょう》を始めていた。

お馴染《なじ》みの大気圧縮弾《エアーボム》の呪文だ。

ゴーガの体格は今まで見たどのモンスターより大きい。

体格だけなら、あの鉄の巨人――エンシェントゴーレムを上回るかもしれない。その分、攻撃も強烈だった。

なのにウイングさんは、その攻撃をぎりぎりながらも避けて、フェネッサさんに意識が向かないように、その気をそらし続けている。

その間にウルドさんとサルドさんは腰に何重にも結わえていたロープ（私はそういうおしゃれがあるのかと思ってた）を外し、括《くく》り罠《わな》のようにすると、ウルドさんはそのロープを相手の口に引っかけ、サルドさんは後ろ足に引っかける。

そして近くにある木の幹に引っかけて、ゴーガの動きを妨げる。

巨体なので、全力で暴れられれば抜けられるけど、的確にロープを緩めて千切れるのを防ぎ、動きが止まった隙に結び直し、自由に動くのを邪魔する。

ゴーガが不快そうに唸《うな》ったあと、ロープを操るウルドさんたちのほうに向かおうとすると、今度はウイングさんが剣を思いっきり振りかぶって切りつけ、その体に小さくとも着実に傷をつけていく。ゴーガはロープを握るウルドさんたちに向かうべきか、自分を傷つけたウイングさんを攻撃するべきか、迷ったような動きになる。

すごい連携だった。

連携だけなら、ソフィアちゃんたち護衛役の五人よりも息が合ってるかもしれない。

そうしてる間に、フェネッサさんの魔法が完成した。

「大気圧縮弾《エアーボム》!!」

ゴーガの上空の空気が一度収縮し、一気に弾《はじ》けて爆発する。

ドーンッという轟音《ごうおん》が森に響き、直撃を受けたゴーガの体がふらつく。

ただ、まだ倒すには至ってないようだった。

「もう一発だ！」

「ええ、任せなさい！」

フェネッサさんは再度詠唱《えいしょう》を始め、ウルドさんたちは動きを止めるためにロープを握りなおす。

ウルドさんが叫ぶ。

「ゴーガ一匹程度なら俺たちは負けはせん！」

そんな気合の入ったフラグを回収するかのように、森に咆哮《ほうこう》が響いた。

「グオォォオォオオオ!!」

凄《すさ》まじい音が響く方向を見ると、少し色の違う毛皮に、赤い模様の入ったゴーガがこちらを怒りの表情で睨《にら》みつけていた。その体格は今戦っているのより、さらに一回り大きい。

「つ、つがいだったのか……。まずいぞ……！」

ピンチ。


戦いに乱入してきた二匹目のゴーガ。

体が大きいから雄《おす》なのかな。でも、雌《めす》のほうが大きい生き物もいるんだよねぇ。どっち？　ってのんきに考えてる場合かーい。

ゴーガは崖からすぐに飛び降りてくると、牙をむき出しにして、ウイングさんへ噛みつこうとする。

「くっ！」

ウイングさんは俊敏な動きでそれを避ける。

すると、二度、三度ガチガチと噛みつき追い討ちをかけてくる。ウイングさんは辛《から》くもその攻撃を避け切った。

そうしてるうちに、もう一匹のゴーガが魔法を喰らったショックから立ち直る。

「グガァァァア！」

最初に相手をしていたそのゴーガも、ウイングさんに狙いをつけて爪で攻撃しようとした。

「てめぇはこっちだ！」

ウルドさんがまた斧《おの》を投げて、ウイングさんから意識をそらす。

ウルドさんの側に爪が振るわれ、相手の動きをうまく阻害していたロープが外れてしまう。さらにそこへ、もう一匹のゴーガが突っ込んできた。

「うわぁああ！」

幸いにもウルドさんに向かっての攻撃ではなく、ウイングさんを狙って飛び込んだ先にたまたまいただけだったので、吹き飛ばされるだけで済む。

「大丈夫か!?」

「あぁ、平気だっ！」

ウルドさんはすぐに立ち上がる。

しかし、パーティーはすでにキャパオーバーの状態だった。一匹なら互角以上に戦えていたウイングさんたちだけど、戦法的に二匹の相手は無理だ。前線はすでに崩壊して、いつ誰がやられるかわからない。

フェネッサさんの魔法もまだ完成してない。

むしろ一撃では倒せないことを考えると、ここでフェネッサさんが敵の気を引く魔法を使うのは下策だった。

そうしてる間に、ウイングさんを狙っているゴーガが、その剣へとかじりつき、バキバキッと砕いてしまう。なんて硬さの牙なのだろう。

ウイングさんの剣を噛み砕いたゴーガは、私たちを睨《にら》みつけながら威嚇《いかく》するように剣を咀嚼《そしゃく》する。牙の間で金属がキラキラと輝くのが見えた。

「くっ！　撤退しよう！」

前衛の二人が武器を失い、ウイングさんから撤退の指示が出た。

しかし、その間も二匹のゴーガが、まだウイングさんたちに襲いかかっていた。

「この状況でどうやって逃げる気よ！」

フェネッサさんが叫ぶ。

私の隣にいるリロさんが真っ青な顔で呟《つぶや》いた。

「なんとか縄張りを抜け出せればいいんですが……」

「俺たちのことはいい！　まずはお前たちだけで逃げろ！　エトワさまの安全だけは守

れ！」

「はぁ⁉　そんな状態で無理に決まってるでしょ！」

後衛だけなら逃げ出せるのは事実だけど、それだと前衛の三人がゴーガに襲われっぱなしで逃げ切れない。しかも、ウイングさんとウルドさんは武器を失っているのだ。

かといって、魔法でこっちに気をそらしても、後衛組ではあの攻撃を避けるのは無理だ。

「持ちこたえるのにも限界がある！　早く！」

ゴーガの噛みつきをぎりぎりで避けながら、サルドさんが叫ぶ。

私はもういっそ、力を解放してしまおうかと思ったけど、その動きを見てピンとくる。

「エトワさま⁉」

バッグの中から『アレ』を取り出すと、ウイングさんたちに駆け寄った。

「おい！　何やってんだ！　こっち来るな！」

ウルドさんが戦いの場に近づく私を見て、怒声をあげる。

でも、残念ながら距離を詰めなければ、この作戦は使えないのだ。私の腕力では。

私は体格が大きいほうのゴーガに近づくと、投げ出されていたウルドさんの斧《おの》を拾い上げる。

「俺の武器なんていいから離れてろ！」

ウルドさんはそう言うが、言う通りにするわけにもいかないのだ。

だって作戦には必要なものだし。

それからあらかじめ謝っておこう。ごめんなさい。

「えええええええいっ！」

私はまず、ウルドさんの斧《おの》を、ウイングさんに襲いかかっているゴーガの顔に向けて遠心力を利用して投げる。斧《おの》はすごく重かったけど、なんとか弧を描いてひょろろっと飛んでくれる。

斧《おの》が飛んでくるのを見たゴーガはあっさりとそれを噛み砕く。

「えいやっ！」

間髪《かんはつ》をいれずに、私は持ってきたアルミホイルを投げる。

するとゴーガはそれにも噛みついた。

次の瞬間。

「キャァン!?」

ゴーガの口からやたら可愛い悲鳴があがった。

アルミホイルに噛みついたゴーガは、目に涙を浮かべ、前足の裏で口を押さえ、地面に顔をうずめて悶《もだ》えだす。

「ク、クゥン⁉」

もう一匹のゴーガは、その姿を見て目を丸くすると、心配そうに駆け寄る。

「クゥン」

「キュン……」

ゴーガたちの攻撃がやんだ。

ウイングさんたちは突然攻撃をやめたゴーガを、唖然《あぜん》とした表情で見つめる。

「何が起きたんだ⁉」

それはあれだ。

アルミホイルを噛んだときになるあれ。
カ、カル、カン……カッ……カニソバー電流とかいうヤツ！
歯医者さん曰《いわ》く、お口の中に二種類の金属があると、電流が起こって大変なことになるらしい。銀歯にしている人はケーキの端に残ってる銀紙にも細心の注意を払わなければならない。

「今のうちに逃げましょう！」

ゴーガの口に金属が残ってる時点で、もしかしたらって思ってたけど効いてくれた！

「あ、ああ……！」

もはや武器を持ってるのはサルドさんだけだ。

ゴーガが口を押さえて悶《もだ》えてる間に、私たちはすたこらさっさと逃げ出す。

辛《から》くもゴーガのつがいの攻撃を逃れ、近場の魔物除《よ》けのキャンプに留まる。

二日目の夜。

「はぁ……困ったことになったなぁ……」

ウイングさんが焚《た》き火の前に座りながらため息を吐《つ》く。

「あそこがゴーガの縄張りになっているとすると、登るのはちょっと無理ですね……」

「他の場所はないのか？」

「奥地との間を隔《へだ》てている断崖は岩質がものすごく硬くて、見渡す限り絶壁がずっと続いてます。あそこ以外、登れる場所はちょっと聞いたことないですね。探せばもしかしたらあるかもしれないですけど……」

「その場合、賭けになるか……」

みんなの顔に難しい表情が浮かんでいる。

「俺とウイングは武器も失ってしまったし厳しいな……」

「すみません、私のせいで、ウルドさんの武器まで……」

私はウルドさんの武器をゴーガに食べさせてしまった。

おかげでウイングさんのパーティーは、前衛二人が武器を失ってしまい、この森に留まっているのすらリスクがある状況だ。

「いや、あれは仕方ない。むしろ、お前のおかげでみんな逃げられたんだ。助かった」

「そういえば、あれどうやったんだい？　いきなりゴーガが悶《もだ》え始めたけど」

「えっと……それは……」

なんて説明したらいいんだろう。

私もあんまり知らないのに、異世界の人に説明するのは難しい。

「あの、何か金属が口の中にあるとき、別の種類の金属を口に含むと、びりっとしたりキーンとなったりするんです。だからそれを利用して、口の中をびりびりさせてみました」

『お前の世界でいう電池と同じ原理だな。唾液《だえき》は電気を通す液体だ。そこに異なる二つの金属があると電極の役割をする。どちらかの金属が唾液《だえき》に溶け出し、電子が放出され、電流として口の中に流れる。ちなみに正しい名前はガルバニー電流だったぞ』

天輝さんが私の中から忘れてる知識を引き出し、組み立てて説明してくれる。

がるばにー。

「へぇ、すごいわね」

「ルーヴ・ロゼではそんなことも習うのか？」

「は、はい……」

私は話をこれ以上ややこしくしないために、そういうことにしておいた。

「ウイング、これからどうするつもりだ？」

仲間にそう問われ、ウイングさんはため息を吐《つ》いて言った。

「とりあえず、ゴーガの様子を見てみよう。本当はもっと奥地にいる魔獣なんだ。もしかしたらここにいるのは一時的なことかもしれない」

「それを期待するしかないか……」

私たちはキャンプに滞在することになった。


三日目、私たちは森の陰から、あの崖の場所を観察していた。

「やっぱり定期的にゴーガの雌雄《しゆう》が姿を現すな。完全にあそこ一帯が縄張りになってるようだ」

「くそっ、なんでよりにもよってこの場所に……」

見つからないように隠れて、崖の通り道を観察するが、ゴーガがその場所から去る気配はない。

「ゴーガって普段はそんなに奥にいるんですか？」

一応、地図を見て下調べはしてたけど、そこまで詳しいことは載ってなかった。何度も森に入ったことがあるSランクだからこそ、その生息域まで知ってるのかもしれない。

「ああ、このメイズの森はだいたい三つのエリアに分かれているんだ。まず、森に入ってすぐのエリア。メイズの森というと普通はこのエリアを指すんだ。それからこの断崖を越えたところのエリア、ここは奥地と呼ばれてる。それから奥地をさらに進むと、森の中心、最深部に着く。最深部は魔獣たちがうろつき、とても冒険なんかできないエリアだよ。入って活動できるのは、Sランクのパーティーでも上位の者たちだけ。それこそ三英雄《さんえいゆう》や、英雄候補を抱えているようなパーティーたちだよ」

ウイングさんの説明にウルドさんが皮肉げに笑う。

「まあ最深部に行くようなのは、同じSランクパーティーといっても、俺たちみたいなS級ぎりぎり、A級とそう変わらないなんて陰口叩かれるパーティーとはレベルの違う奴らなのさ」

その言葉にフェネッサさんが唇を尖《とが》らす。

「なによ、あたしたちだって実力をつけて、もっと上にいくつもりでしょ？」

「ふっ、そうだな」

Sランクパーティーといっても、ピンキリあるみたいだ。

英雄の話は聞いたことあるけど、やっぱりいるのといないのとでは全然違うらしい。

でも私はウイングさんたちだってすごいと思う。

魔力や体力はソフィアちゃんたちのように飛び抜けたものではないのかもしれないけど、ロープや仲間との連携で、大型のモンスターにも対抗できてしまう。何より、困った人のためにこうして働いているのだ。すごいことだと思う。

「さて、ウイングどうする？　ここに留まってゴーガたちの隙を探すか？　それとも別の道を探すか」

ウイングさんは少しの沈黙のあと、口を開いた。

「今日いっぱい様子を見て、通れそうにないなら別の登れる場所を探そう」

「み、見つかりますかね……」

リロさんが心配そうな顔で言う。

ウルドさんが腕を組んで厳しい表情で言った。

「見つからなかったらそのときは失敗だ」

失敗、つまり依頼者の娘さんを助けられないことになる。

重い空気がウイングさんたちのパーティーを支配した。

夜のキャンプ。

ゴーガが別の場所に行かないかと観察していたが、結局、隙らしきものは見つからなかった。

私は毛布から起き上がり、テントを抜け出す。

「あら、どこに行くの？」

うとうとしていたフェネッサさんが気づいて声をかけてくる。

「ちょっとおトイレに行ってきます」

「モンスターに気をつけるのよ。危なかったら、恥ずかしがらずにすぐに叫んで」

「はい」

テントを出ると、夜の森はシンと静まりかえっていた。

もう一つのテントも見るが、みんなぐっすり寝ているようだ。魔物除《よ》けが効いていて、モンスターの襲撃はない。

私はそのまま魔物除《よ》けの外に一歩踏み出す。

そして天輝さんを抜き放ち、その名を呼んだ。

「天輝く金烏《きんか》の剣」

あの崖にたどり着く。

崖の近くは樹木がまばらで、開《ひら》けた空から差す月光に照らされる景色はとても綺麗だった。

私がその場所に足を踏み入れると、二匹の獣がこちらを窺《うかが》う気配がした。

昨日も会ったゴーガのつがい。

私がそちらに足を踏み出すと、その体が警戒に強張《こわば》るのがわかる。昨日のようにむやみに襲いかかってきたりはしない。

私はミントくんの言葉を思い出していた。

『魔獣はとても頭がいい。意思疎通《いしそつう》の方法も習性も、考えることも人間とは違うけど、お互いがその気なら意思の疎通《そつう》ぐらいはできる』

私は彼らに声をかけた。

「やあ夜分遅くにごめんよ」

ミントくんの話では言葉が通じるわけではないらしい。でも、私たちが言葉にして伝えようとする感情は、読み取っているんだとか。

じゃあ、言葉で好意を示したら仲良くなれるかというと、そんな都合はよくないとミ

ントくんは言っていた。

相手には相手の意思や考え方があるのだ、生き物としての。

いくら人間側が縄張りを荒らすつもりはないから通してほしいと言っても、魔獣側からしたら縄張りを通るものを倒すのは当然の行為だし、何か悪いことをしているわけではない。

悲しいかな、結局、お互いの妥協点を得るには力が必要だった。

「実は君たちが縄張りにしてるところなんだけど、人間にとっては貴重な通り道になってる場所でね。通れなくて困ってるんだ」

夜の闇の中、赤く発光する目を合わせ、彼らに語りかける。

私の目は見えてるわけではないけど、それでも感情を伝えてくれるはずだから。

ゴーガたちの目からも感情が伝わってくる。

それは恐怖だった。

「どんなものでも命は大切にしなきゃいけない。そう思うけど、私は偽善者だから、人の命と君たちの命を天秤《てんびん》にかけることになったら、たぶん人の命を選ぶ。そうなったら、君たちを殺さないといけない」

殺すという言葉に、小さいゴーガの体がビクッと震えた。

大きいほうのゴーガも毛皮を汗で湿らせてこちらを見ている。

「ねぇ」

私がさらに二匹に近づいたとき、小さいほうのゴーガが爪を振り立てて、私を攻撃した。

私はそれを片手で受け止め、彼らにひどいお願いをする。

「縄張りを別の場所に移してくれないかな？　もしかしたら最深部から出てきて、ここに縄張りを作ったのも何か事情があるのかもしれないし、勝手な理屈で君たちを追い出すのは申し訳ないけれど、そうしてもらわないと私たちが困ってしまうんだ」

力の差は歴然だった。

聡《さと》い獣たちが野生の勘で邂逅《かいこう》時にすでに悟っていたように――

恐怖と怒りから、必死の形相で振り下ろされた爪は、私の手に受け止められピクリとも動かせない。

「クゥン」

大きいほうのゴーガが鳴いて、小さいほうのゴーガの体を頭でそっと後ろに押した。

『行こう』と言うかのように。

小さいほうのゴーガも目を合わせ、わかったというように爪を収め、体を反転させる。

そのまま魔獣のつがいは、夜の森に消えていった。

四日目の朝。

「やったぞ！　ゴーガがいなくなってるぞ！」

喜びの声がウイングさんのパーティーに響き渡った。

「縄張りを変えたのかしら……」

「奇跡的なタイミングですね。もう少し遅かったら、依頼の達成が難しくなってました」

私たちは喜びもそこそこに、慎重に崖を登り、奥地へと足を踏み入れる。

そこから進んで、半日ほど。

私たちは目的の花が自生してる場所にたどり着いた。

「この場所に最初にたどり着いた冒険者がこの花の種を町に持ち帰り、その花は薬草として、いろんな薬に使われるようになったんだ。その冒険者はお金持ちになれるチャンスだったんだけど、花の種を困ってる人のために安い価格で売って、報酬も貧しい人のために寄付したんだって」

「そうなんですか」

ウイングさんの話、なんかとてもいい話だ。

「おかげさまでこの花も種も、奥地から持ち帰っても、二束三文にしかならないけどな。

今は市場に花はないけど、種が溢《あふ》れてるからどうしようもねぇ。こういう緊急の依頼でもなけりゃ、ほとんど無報酬さ」

ウルドさんがそう言ってやれやれといった感じに笑う。

リロさんがそれに微笑みながら返す。

「まあ、いいじゃないですか。もしこの花が高いままだったら、野生のものも乱獲されて全滅していたかもしれません。そしたら依頼者の娘さんの命は救えなかったですよ」

「ああ、ちゃんと持ち帰らないとな」

「武器も万全じゃない。帰りは気をつけよう」

武器を失ったウイングさんとウルドさんは、間に合わせの短剣を使ってた。

「それじゃあ、帰りはなるべく魔物の群れを避けて戻りますね」

「そんなこともできたのか!?」

私が気を利かせて言うと、ウイングさんたちが驚いた声を出した。

「あ、ごめんなさい。言うの忘れてました。心眼である程度は避けられますよ。音とかで気づいて追われてたらさすがに無理ですけど」

それを聞いてサルドさんが顎《あご》に手を当てながら言った。

「う～ん、いよいよ手放すのが惜しくなるな。これで小学生じゃなかったら、即うちのパーティーにスカウトするんだが」

「それ聞いたらチャックリが泣くわよ」

そうして私たちは目的の花を手に入れ、メイズの森から無事に帰還した。

ウイングさんは私をルヴェンドまで送り届けてくれ、報酬の三分の一を渡そうとしてきた。さすがに断ったけど。

それからウイングさんたちとは、アルミホイルを一つ渡してからお別れした。本当は二つぐらいあげたかったけど、ゴーガに食べさせちゃったので足りなかった。

今回のお手伝いは、私の本格的な冒険の初体験だった。いろいろあったけど、とても良い経験になったと思う。

あとあと手紙で、依頼者の娘さんも助かったとウイングさんから聞いた。本当によかった。

＊＊＊

鬱蒼《うっそう》とした森の中、土の公爵家グノーム家の次男、アルフォンスは護衛に囲まれながら歩く。

護衛は顔を布で隠し、素性を悟られないようにした者ばかりだ。見るからに怪しい。

迷いの森と呼ばれるメイズの森。その最深部。

本来はひたすら木々が茂る景色だけが続く場所だが、アルフォンスが進む先に、いきなり開《ひら》けた場所が出現した。

そこはところどころ地面に穴が空き、坑道のようになっている場所と、周囲の木々に隠れるように作られた背の低い建物がいくつもあった。

建物の中からはカン、カンという甲高《かんだか》い音と、燃え盛る炉《ろ》の音が響いてくる。そのせいか、周囲の気温は高かった。

その場所に足を踏み入れたアルフォンスの前に立ったのは、クララクのときにも現れた老人だった。アルフォンスは笑みを浮かべて、老人に尋ねる。

「成果はどうだい？」

「はい、アルフォンスさまの見立て通り、ここからは良質な鉄鉱石がとれています。ただ何しろ狭く、生産量としては計画の十分の一をまかなう程度しか」

「いいさ、これはテスト用の土地だ。足りなかったらこれから増やしていけばいい。魔法使いの数もそのときに増やせばいい」

「御意《ぎょい》に」

アルフォンスは満足そうに、建物のほうを見回して言う。

「職人たちの様子はどうだい？」

「はい、最初は戸惑っていたようですが、だんだんと錬度が上がり、成功例が増え始めています。これがその成功したものでございます」

そう言うと、老人は鉄の筒に取っ手がついたようなものを渡す。

「うん、ちゃんと外見は銃になっているね。あとは性能だけど」

アルフォンスはにんまりと笑うと、不思議な形の鉄の筒――アルフォンス曰《いわ》く『銃』を木の板が適当に立てかけてある場所に向ける。

「試射でしたら配下の者が……」

「いいよ、僕がやる」

アルフォンスが引き金を引くと、甲高《かんだか》い音が響き、目標にした木の板に穴が空いた。

アルフォンスは煙の出ている銃口を、横から覗き込み、満足そうに頷《うなず》く。

「うん、ライフリングもきちんとできてる。順調だね」

「はい、十分な鉄がとれるので技術もどんどん上がっています。ご指示いただいた硝石《しょうせき》のとれる場所も現在、配下の魔法使いと選定中であります」

「それも大事なんだ。頼むよ」

銃を作るための鉄、鉄を加工するための工房、そして火薬を作るための硝石《しょうせき》。

まだ小規模だが、アルフォンスの計画は順調に動いていた。

アルフォンスは笑みを浮かべ、心の中で呟《つぶや》く。

——なぜグノーム家の反乱がこうも失敗したか。それは一人で戦ったからだ。

たとえどんなに強力な魔力をもっていたとしても一人では集団に勝てない。

土の魔法は大地から鉱物を呼び出し、武器を形成し、敵を攻撃する。その力は強力だけど、同時に融通《ゆうずう》が利かない。魔法での戦いになれば、他の一族たちに柔軟に力を合わせて潰される。だから最強の魔力をもっていた、かつての公爵家当主ヴェルノームすら敗れた。

そんな戦いをする必要はない。そう、魔法で戦う必要なんてどこにもない。魔法は鉱物を呼び出すだけでいい。魔法の役目は、武器のもとになる金属と火薬を探し、それを掘り出すこと。あとの加工は魔力がない平民たちにもできる。

そして掘り出した鉱石と火薬で大量の銃を作らせる。一万の銃を民たちに与えれば、それがそのまま一万の兵となる。今まで貴族と平民には絶対の差があった。でも、銃があればその差が縮まる。それでも補えない力の差は、数で埋めればいい。平民たちが力をもつ時代がくる。そして平民に支持される者が、この国の頂点に立つ。

確か石版ではこう言われていたっけ、市民革命――
新しい時代の始まりだ。

第四章　魔法戦技《アンデューラ》

三年生になりました。

エッセル先輩とシャルティさんが中等部に行ってしまい、その代わりではないけれど、桜貴会には三人の新入生が入ってきました。リルナちゃんとソルトくんとクックくん。

三人とも幼馴染《おさななじみ》で仲が良く、リルナちゃんと打ち解けたあとは、ソルトくん、クックくんも仲良くしてくれている。

お茶会のお茶は、お茶淹《い》れ名人だったシャルティ先輩がいなくなって、みんなで代わりばんこで淹《い》れるようになった。

ルーヴ・ロゼの授業は、一年生から二年生になるときはあまり変わらなかったけど、三年生ではカリキュラムに大きな変化がある。

それが魔法戦技《アンデューラ》という授業だ。

文字通り魔法で戦う科目である。二年生まではよっぽどの物好き（そこにソフィアちゃんたちが入ってしまうという悲しい事実があるけど）以外は戦いの訓練に参加する必要はなかった。

でも、今年は違う。

貴族にはその力で民や国を守る義務がある。だから、どんな貴族でもそこそこ戦えなければ困るのだ。そこで作られたのがアンデューラだった。

ルールは単純。四人でチームを組んで戦い、相手を全滅させたほうが勝ち。

ただ子供同士とはいえ、貴族の魔力を真っ向からぶつけ合うのは危険極まりない。だから、そこも魔法の力を使って解決する。

魔法で仮想空間みたいなのを作って全員の能力を再現する。そこで戦えばお互い怪我しない。

言うと簡単だけど、やってることはかなりすごい。

この国の人たちは、遺跡の力と貴族の魔法の知識を結集してそんなものを作り上げちゃったらしい。元の世界にもないような巨大なシミュレーターだ。

影呪《えいじゅ》の塔のときパイシェン先輩が言ってた『代替するものができた』というのはこれのことだったみたい。

そんなすごいアンデューラだけど、私には一切関係ない。

そもそも魔法が使えないから。

そんな三年生の日曜日、私は学校に来ていた。アンデューラを観戦するために。

アンデューラはお休みの日に行われる。大変だと思うけど、貴族の子供にとっては義務みたいなものらしい。

じゃあ、そんなの関係ない私がなんで来ているのかというと、理由は定番の『知ってる子が出場するから』だった。

アンデューラは、三年生以上の生徒が四人（予備のメンバーも入れられるから五人のときもある）でチームを組む。

今の生徒数だとだいたい百五十チームぐらいできる。それが十六個ぐらいのランクに分けられて、同じランク内でのリーグ戦形式で行われるのだ。

三ヶ月ぐらい戦ったら、上位三チームと下位三チームの入れ替え戦がある。

そして今日はリーグの最上位ランク１〔ユーヌ〕でも最高の黄金カードと噂《うわさ》される戦いが行われる。

それがパイシェン先輩、プルーナ先輩、コリットくん、ユウフィちゃんチーム対、ソフィアちゃん、リンクスくん、ミントくん、カサツグくんチームだ。

カサツグくんがなぜソフィアちゃんたちのチームにいるかというと、シルウェストレの子たちのチーム分けをしたとき、四人と一人で分けるのは不公平すぎるということになり、三人と二人で分けることにしたのだ。

五人チームにすると試合に出られない子がいるのでそれは論外らしい。

そして足りない分を補充する段になって、カサツグくんが巻き込まれた。

カサツグくんからは『エトワー、なんで俺があの方たちと同じチームに入らなきゃいけないんだよー！』と苦情申し立てがきたけど、知らぬ！　存ぜぬ！

「うわぁ、人がいっぱいだね～」

アンデューラにはかなり複雑な魔法が使われるので、専用の設備がある。

私の目の前にあるおっきな建物がそれで、まるまる一棟がマジックアイテムになってるらしい。二階には観覧席もあって、そこで試合を見学することができる。

今日は小等部の頂点に立つパイシェン先輩チームと、次期トップ候補であるソフィアちゃんたちの戦いを見るため、多くの人が建物の周りを歩いていた。

「エトワさま～！」

そんな中、注目カードの選手であるソフィアちゃんが駆け寄ってきちゃったから、一気にこちらに視線が向く。

「ソ、ソフィアさまだ！」

「ソフィアさまがこんなところにいらっしゃるなんて」

「ああ……競技着姿もお美しい」

確かに競技用の動きやすい姿で、髪をポニーテールに結んだソフィアちゃんは可愛かった。三年生になってさらに可愛さに磨きがかかった気がする。この台詞《せりふ》、毎年言ってる気がするけど。

「見に来てくださってありがとうございます！」

「うん～、誘ってくれたからね～」

「えへへ」

本当はプルーナ先輩からもお誘いが来ていたので、両方の約束を果たすために来たのだけど、ソフィアちゃんが上機嫌なのでそれについては言わないことにした。

ソフィアちゃんに「がんばってね」とエールを送って、見学席のほうへと向かう。

バルコニーに繋がる階段を上り、そこから建物の二階に入っていく。

中にもたくさんの人がいたけど、なんとか席を見つけて座る。

横では男子生徒が噂《うわさ》をしていた。

「どっちが勝つと思う？」

「うーん、やっぱりパイシェンさまがいるチームじゃないか？　上級生も多いし」

「いや、シルウェストレの君《きみ》たちも入学当初と比べて、信じられないほど成長してるっていうぞ」

もともと入学当初でも高校生ぐらいの生徒と戦える強さがあったソフィアちゃんたちだけど、この一年はさらに実力を伸ばしてきたらしい。

アンデューラの最初のランク分けは、実力と家柄を考慮して先生たちが決めるんだけど、ソフィアちゃんたちはみんな、最初から一番上の1〔ユーヌ〕になっている。

「何しろ、ソフィアさまとパイシェンさまという学園二大美少女の対決だ。楽しみだ」

そういう見方もあるらしい。

そんなちょこっと邪《よこしま》な見方をしているのは、男の子たちばかりではない。

護衛役の子たちも、桜貴会の子たちも、みんな美形揃《ぞろ》い。

リンクスくんやミントくんを応援する旗がところどころに立ち、女子生徒がきらきらした瞳で、まだ誰もいない戦いのステージに熱い視線を送っている。

男の子だと一番人気はリンクスくんのようだった。小さな子から上級生のお姉さんまで、満遍《まんべん》なく応援しに来た子たちがいる。

次いでミントくん。主にお姉さま方から熱い支持を受けている。

コリットくんの旗もある。まじめで可愛い感じの美少年、そりゃ人気出るよね。

お、カサツグくんのもあった。あとで報告してあげよう。かなり喜ぶはずだ。

みんな純粋に試合を楽しみにしている子ばかりで、熱気がすごい。喉が渇《かわ》いた私は、外に出て水を飲んでくることにした。

水飲み場までやってくると、水色の髪をした憂《うれ》い顔の美少女がたたずんでいる。

もちろんパイシェン先輩だ。

五年生になって背も伸びてきて、鋭い目も猫っぽくて可愛い。

「パイシェンせんぱ〜い！」

手を振って駆け寄ると、パイシェン先輩は私を見て驚いた顔をする。

「げっ、なんでここにあんたがいるのよ！」

「みんなの応援に来たんですよ。ソフィアちゃんとプルーナ先輩に誘われて！」

プルーナ先輩はパイシェン先輩と同い年で、パイシェン先輩の補佐を自称している。

「プルーナ……あいつ余計なことを……」

なぜかパイシェン先輩は、私を誘ったプルーナ先輩の名前を恨めしそうに呟《つぶや》く。

「水臭いじゃないですか。こういうことやってるなら、もっと早く教えてくれれば応援に行ったのに！」

実は私がアンデューラというものを知ったのは、三年生に入ってからだ。

去年も一昨年もパイシェン先輩はやってたんだよね。応援に行きたかったな～見たかったな～。

「だから嫌だったのよ。いちいち見に来られるなんて気恥ずかしいでしょ」

「そういうもんですか？」

「あんたにはね」

なぜ私だけ。

「とにかく、パイシェン先輩たちも、ソフィアちゃんたちも応援してますよ」

私は自作の小旗を二つ、両手に持って振った。

どっちも応援しなきゃいけないから、それぞれ片手で持てるサイズだ。右手がパイシェン先輩チームの旗、左手がソフィアちゃんチームの旗。

パイシェン先輩はそれを見て唇を尖《とが》らせる。

「どっちも応援なんて都合がいいわね。必ずどっちか負けるっていうのに」

「えええっ、そんなこと言われても、どっちもがんばってほしいですし」

私の言葉に腰に手を当てて、そっぽを向きながらパイシェン先輩が言う。

「ふんっ、あんたなんてそのアホ面でのんきにシルウェストレの子たち応援しとけばいいのよ」

「なんでそういうこと言うんですか～。ほら、パイシェン先輩の応援旗も作ってきたのに」

つれない言葉に私は右手のパイシェン先輩を描いた応援旗をひらひらさせてみた。

ほら～、応援してますよー。

でも、今日のパイシェン先輩はやけにつんつんしてた。

「どうせ応援するなら勝つほうを応援したほうがあんたも気分がいいでしょ？」

その口から意外な言葉が飛び出してきた。

勝つほうって、ソフィアちゃんたちが？

それじゃあ、パイシェン先輩のほうが負けることになってしまうではないか。

「まだ勝負は始まってもいないじゃないですか？　勝負の前から負けるって決めつけるのはおかしいですよ」

「まぁ、あんたならそう言えるわよね……。あの子たちの今の実力を見ても……」

どうにもパイシェン先輩、今回の戦いは自信がないようだ。

そういえばこんな人気《ひとけ》のない水飲み場にいるのもおかしい。私は懸命に先輩を元気づける。

「とにかくこのエトワは応援してますよぉおおお!!　パイシェン先輩のことぉおおおお!!」

ソフィアちゃんたちのことも応援してるから比率は五対五だけど！

そこはゆずれないけどぉおおお！

半分は全力でパイシェン先輩を応援してるんです！　本気なんです！

「ああ、私に体が二つあれば、一方はパイシェン先輩のことを全力で応援するんですけど！」

「それはそれでうざい。ああ……もう……。こんなことならあんたが二年のとき見学に誘っとけばよかったわね……。それならちょっとぐらい、いいとこ見せられたのに……」

ネガティブな呟《つぶや》きを漏らすパイシェン先輩に元気を与えたいと思い、ばさばさ一生懸命に旗を振っていたら、背中のほうから声がした。

「パイシェンさま、こんなところにいらっしゃったんですか。あ、エトワさん、応援に来てくださったんですね。ありがとうございます」

「いえいえ、こちらこそお誘いいただいてありがとうございます」

私とプルーナ先輩は丁寧に挨拶を交わす。

それからプルーナ先輩はパイシェン先輩の腕を取って、引きずるように連れていく。

「もうすぐ試合が始まります。行きますよ、パイシェンさま。それではエトワさん、またあとで」

「は、はい〜」

プルーナ先輩に引きずられながら去っていくパイシェン先輩は青い顔をして呟《つぶや》く。

「ふっ、処刑台に連行される貴族って、きっとこんな感じね」

本当にどうしちゃったんだろう。パイシェン先輩らしくない……


試合が始まるということで、私も会場に戻った。

『今からニンフィーユチーム対、シルウェストレ第一チームの試合を始めます』

魔法で拡声《かくせい》されたアナウンスが響く。本当にスポーツの試合みたいな感じだ。

見学席から見えるフィールドは、小さな町一つぐらいなら収まりそうな大きさで、実際にルヴェンドの貴族市街地にそっくりの建物が立ち並んでいた。

アンデューラではより実践的な訓練をするため、戦いのフィールドもこういう風に再現される。影呪の塔がいきなり出現してたのと同じように、驚くことじゃないのかもしれないけど、あらためて見るとびっくりだ。

そこにお互いのチームの選手の姿が現れる。

私から見て左側にソフィアちゃん、リンクスくん、ミントくん、カサツグくん。

右側にパイシェン先輩、プルーナ先輩、コリットくん、ユウフィちゃん。

カサツグくん、コリットくん、ユウフィちゃんは私の一つ年上の桜貴会の子たち。カサツグくんは桜貴会イチのアホの子、コリットくんはその友達でまじめな子、ユウフィちゃんは私とちょっとトラブルがあって、まだ親しくなれてない……。

お互いフィールドで一番高い建物の上に立って睨《にら》み合ってる。かっこいい。と思ってたら、ソフィアちゃんがそこから私を見つけて手を振ってくれる。

「ソ、ソフィアさまが手を振ってくださっているぞ！」

「きっと俺にだ！　この前、委員会で話したんだ！　一言だけ！」

「ちがう、俺にだよ！　廊下で落とし物を拾って微笑みかけてくれたんだ！」

ソフィアちゃんは順調に男を虜《とりこ》にしていってるようだった。

ミントくんも手を振ってくれて、近くの女の子たちがきゃーと悲鳴をあげる。

リンクスくんはこちらを真剣な表情でじっと見てきた。目力が強すぎて睨《にら》んでるみたいだったけど、がんばるから見とけよって感じだろうか。後ろの生徒がばたっと倒れる音が聞こえた。

「なんで水の派閥《はばつ》のオレがパイシェンさまの敵チームなんだよぉー！」

カサツグくんは頭を抱えて叫んでいる。

一方、パイシェン先輩チームは、ソフィアちゃんたちのほうを真剣な表情で見ている。

試合前はネガティブだったパイシェン先輩も、本番になるとそんな様子は一切出してなかった。

その凛々《りり》しい立ち姿に、みんなが憧憬《しょうけい》の混じった視線を送っている。

そして私は試合が始まってすぐに、パイシェン先輩の言葉の意味を理解することになった。

『試合開始です！』

合図と同時に、ソフィアちゃん、リンクスくん、ミントくんの三人が、何かの魔法の詠唱《えいしょう》を始める。かなり距離が離れてるのに。

それはパイシェン先輩たちが、何かを仕掛ける前に完成する。

三人同時に発動したその魔法は、文字通り状況を一変させてしまった。

フィールド全体に、いきなり暴風が吹き荒れる。

魔法で再現された家屋がどんどん倒壊し始め、破壊された家の破片が強風によって宙を舞う。

フィールド全体を一瞬にして覆《おお》ってしまった天変地異。

その中心にあるのは、三つの巨大な竜巻だった。

人間も軽々吹き飛ばされるような暴風を、パイシェン先輩たちは障壁《しょうへき》を張って防御する。しかし、反応の遅れたユウフィちゃんが、風に飛ばされてしまう。

「ユウフィ――！」

パイシェン先輩の叫びに、ユウフィちゃんは「大丈夫です！」と返事をしながら遅れて障壁《しょうへき》を張ろうとしたが、パイシェン先輩の言葉はさらに続いていた。

「――後ろよ！」

「えっ？」

呆然と振り向くユウフィちゃんの後ろには、魔獣――レタラスに乗ったミントくんが迫っていた。レタラスは暴風の中を軽々と移動し、振り向きざま、ユウフィちゃんは風の剣で斬られる。

ユウフィちゃんの仮実体が光になって消えていく。

ソフィアちゃんたちは信じられないことに、もう一人目を倒してしまった。

「私が水の壁を作って防御するわ！」

パイシェン先輩が自分たちを中心に広範囲を水で覆《おお》う。

魔法の力で作られた球状の水の壁は、あらゆる力を吸収する。

なんとかチームは態勢を整えたけど、一番魔力が高いパイシェン先輩が防御に回ってしまった。

暴風も完全にシャットアウトしたパイシェン先輩の水の壁だけど、突然、ものすごい速さで何かがぶつかってきて穴が空く。赤熱《せきねつ》した風を纏《まと》った赤い髪の美少年、リンクスくんだ。

オリジナルのジェットの魔法で、パイシェン先輩の水の壁に風穴を空けてしまった。

「くっ！　なんて威力なんですの⁉」

「でも、一人なら僕たちでもなんとかできます！」

プルーナ先輩とコリットくんが、侵入してきたリンクスくんを撃退するために動き出す。二人ともかなりハイレベルな火の魔法の使い手だ。

パイシェン先輩は、これ以上の侵入を防ぐため、水の壁を閉じ始める。

他の二人はリンクスくんが着地する隙を狙って、力を合わせて大きな火球を放つ。

それはリンクスくんに直撃するかのように見えたけど、水の壁が閉じる寸前、誰かが突撃してくる。風を纏《まと》い光の羽を生やした天使のような姿の美少女、ソフィアちゃんだ。

リンクスくんの前に降り立つと、光の羽はリンクスくんを庇《かば》うように展開して、かなり大きな火球を受け止めてしまう。

「まだ同数！」

「いえ、パイシェンさまもいるのでこっちが上です！」

コリットくんとプルーナ先輩は戦う意志を衰《おとろ》えさせず、すぐに次の魔法を詠唱《えいしょう》する。

でも、着地のわずかな隙に体勢を立て直したリンクスくんはもう動いていた。

新しいジェットの魔法を展開し、背後に一瞬で回り込んだリンクスくんは、反応する間もない速さで高速の蹴りを放ち、二人の首を飛ばす。

場内がどよめいた。

試合開始から五分も経たず、四対一になってしまった。

これは……もう……ちょっとさすがに……ね……

あまりに一方的な試合の進行に、私のパイシェン先輩への応援旗もしおしおと下がり始める。

仲間を失い絶望的な状況に立たされたパイシェン先輩だけど、最後のプライドか、水の壁を小さくして攻撃を受け止め、タイミングを見極めては壁を崩して反撃を、とがんばっていた。

それも次第に辛くなったのか、水の壁で防御に専念するようになる。

さすがパイシェン先輩というべきか、そうなってからはソフィアちゃんたちも攻めあぐねていた。

「カサツグさん！　ちゃんと攻撃してくれよ！」

「むりむりむりむり！　パイシェンさまに攻撃なんてむりー！」

そんなカサツグくんの苦悩も交えつつ。

風で大量の瓦礫《がれき》をぶつけられたり、ジェットの魔法で地面ごと吹っ飛ばされたり、光魔法で強化した風の剣で大地がえぐれるぐらいの威力で斬りつけられたり、レタラスにぺしぺし叩かれたり、そんな攻撃をがんばって防いでいたパイシェン先輩だったけど――

ある瞬間、ふとその体から力が抜けた。

煤《すす》まみれになってしまった美しい目じりに、涙が浮かんでるのが見える。

「もう……いや……」

ああっ、パイシェン先輩ぃいいい……！

次の瞬間、ソフィアちゃんたちの放った風の魔法により、水の壁を解いてしまったパイシェン先輩の体が周囲の瓦礫《がれき》ごと吹き飛ばされて決着がついた。


試合が終わったあと。

「エトワさま、見てくださいましたか⁉」

「俺たちの試合、どうだった⁉」

「エトワ……」

そう言ってソフィアちゃん、リンクスくん、ミントくんが駆け寄ってきてくれたけど、私は膝《ひざ》を抱えてへこんでしまったパイシェン先輩を励ますのに必死だった。

「だから嫌だったのよ……下級生に一方的にやられて……一位から転落……みじめだわ……」

「そんなことないですよ！　孤立しても戦い続けるパイシェン先輩の姿は美しかったです！　みんな感動してました！」

私はばたばたと小旗を振って、パイシェン先輩にまとわりつき、励まし続ける。

とにかく元気を送りたい！　がんばったと褒めてあげたい！

「あんたもどうせバカにしてるんでしょう……。ええ、そうよ。いつも貴族らしくなんて言いながら、貴族にとっての義務でもある戦闘は苦手よ……。能天気で戦闘狂な一族とは違ってね……。嫌いだわ……アンデューラも……あんたも……」

「パイシェン先輩！　私はパイシェン先輩のことが大好きですよぉおおお！」

「ふん……バーカバーカバーカ……」

パイシェン先輩にかかりっきりになってしまい、ソフィアちゃんたちが明らかに機嫌を損ねた。

「なんで……」

「勝ったの……」

「私たちなのに……」

でも今はとにかくパイシェン先輩だ。

パイシェン先輩、元気になれー！

そんなことをしていたら、桜貴会の一年生の子たちが駆け寄ってきた。

「大変です！　パイシェンさま！　エトワさん！」

今年、桜貴会に入った一年生のリルナちゃん、ソルトくん、クックくん。

リルナちゃんは茶色い髪をした可愛い女の子。火の派閥《はばつ》所属の子だ。

ソルトくんは赤い髪をした、リルナちゃんと同じく火の派閥《はばつ》所属の子。

火と水の一族は、髪の色に特徴が出ることが多くてわかりやすい。リンクスくんなんかもそうで、風の一族ではあるけど、火の一族とも縁がある子だ。

クックくんはその点珍しい、風の魔力が髪に出ている子だ。うす緑色のさらっとした髪。風の派閥《はばつ》に所属する伯爵家の一族らしい。

そんな小さなご令嬢、ご令息さまが、慌てて私たちのところに駆け寄ってきた。

「そんなに慌てて何があったの？」

パイシェン先輩が落ち込んでいるので、私が取り次ぐ。

本来なら地位的にはソフィアちゃんたちが次席になるんだろうけど、シルウェストレの子たちってアイドル的な雰囲気があって、桜貴会ですら特別なポジションにいる感じなのだ。

パイシェン先輩が卒業して、ソフィアちゃんたちの誰かがトップに立てばそんなことはないと思うけど、現状は組織の棚の上に置かれている感じだった。

それにしても三人ともそんなに慌てて、一体何があったのだろうか。

「そんなのんきな顔してる場合じゃないですよ！　エトワさん！」

「そうですよ！　いつも気の抜けた顔して！」

「少しはキリッとしてほしいです！」

そこまで言われるほどか……私……？

普通に対応しただけなのにそんなことを言われる私に、リルナちゃんたちが言う。

「エトワさんはアンデューラに参加していませんでしたよね」

「うん、そうだね」

魔法が使えないのだから、参加のしようがない。

「それが『アンデューラは貴族の義務なんだから一人だけ参加しないのはおかしい。シルフィール家が圧力をかけてえこひいきさせてるんじゃないか』って非難する家が出てきたんです！」

「風の派閥《はばつ》でも『こちらには何もやましいことはない。そこまで言われるのなら参加させよう』って話になっちゃったらしくって……」

「え、えぇ⁉」

なんでそんなことに……

そう思っていたら、落ち込んでたパイシェン先輩が立ち上がって、怒りの表情で言う。

「はぁ？　誰よ、そんなくだらないケチをつけてきた家は！」

「そ、それが……」

リルナちゃんたちはパイシェン先輩の顔を見て、気まずそうに言った。

「ニンフィーユ家です……」


月曜日、桜貴会のリーダーの席に座り、珍しくしゅんとなってしまったパイシェン先輩がいた。

「ごめんなさい、エトワ。物言いをつけてきてたのは、本当にうちの家だったわ……」

「いえいえ、パイシェン先輩のせいではないですから、そんなに落ち込まなくても……」

パイシェン先輩は何も悪くないと思う。

現にこうして、物言いをつけてたこともあとから知ったわけだし。

パイシェン先輩は怒りの表情で、テーブルをどんっと叩く。

「今回の物言いはおばあさまが主導してるのよ……！　ルイシェンお兄さまはおばあさまのお気に入りだったから、失脚したのをエトワのせいだと思ってるみたいなの。あれはお兄さまの自業自得だし、公《おおやけ》にしたのは私なのに。私がそのことを抗議しても聞く耳もってくれないの……！」

貴族もいろいろと大変だよねぇ……。いろんなしがらみに支配されているから、パイシェン先輩みたいに嫡子《ちゃくし》になっても、自分の思い通りにというわけにはいかない。

「選挙では風の派閥《はばつ》にも協力してもらったのに、これではまた溝ができてしまいますね……」

プルーナ先輩もため息を吐《つ》く。プルーナ先輩は火の派閥《はばつ》だけど、水の派閥《はばつ》のパイシェン先輩の補佐を自負してるだけあって、悲しそうな表情だった。

パイシェン先輩は何かを決心した表情をして立ち上がる。

「こうなったら上から言ってもらうしかないわ。ちょっとシーシェさまにお話ししてくるわ」

ニンフィーユ侯爵家の上といえば四大貴族のウンディーネ公爵家だ。

水の派閥《はばつ》の長でもある。

「いえいえ、さすがに大げさですよ。先輩にもシーシェさまにもご迷惑をかけるわけにはーー」

私は話が大きくなりそうなので止める。その言葉に、パイシェン先輩は顔をしかめた。

「じゃあ、どうするつもりなのよ。能天気なあんたのことだから、アンデューラに参加すればいいって思ってるんじゃないでしょうね?」

「え、ええ……そうですけど……」

参加しろって言ってるんだから、言う通り授業に参加してしまえばいいと思ったんだけど……

そう思ってたら、一年生三人組が言う。

「魔法も使えないのにアンデューラに参加するなんて……」

「ひたすらぼこぼこにされに行くようなもんですよ」

「負けて負けて負けて負けて、とにかく負けて……」

「ひたすらみじめな思いしかしません」

「連敗記録なんか樹立《じゅりつ》しちゃって学園内でもずっと笑いものですよ」

うーん、どうにもアンデューラは貴族にとっては名誉がかかった重要な戦いらしい。

パイシェン先輩もナイーブになってたしね……。

一年生の子たちの反応ですらこれである。でも、私については気にしすぎだと思うんだよね。

「ほら、そこは我慢するってことで！」

親指を立ててそう言ったら、パイシェン先輩にぺしっと親指をはたかれた。

「考えが甘いわよ、バカ。少なくとも試合中には身柄の自由をほぼ奪われるのよ」

「そうですね、ニンフィーユ家の傘下《さんか》である水の派閥《はばつ》のチームはたくさんあります。目的がエトワさんである以上、試合に乗じて恥をかかせるような行為をしてくる可能性もあります」

パイシェン先輩は厳しい顔をして、私の糸目《いとめ》を見つめていう。

「悪いけど、おばあさまの命令と私の命令なら、おばあさまの命令に従う子のほうが多いわ。あんたが本気で……っていうならまったく別だけど、あんたのことだからそうする気もないんでしょ。じゃあ嫌なことされるかもしれないのよ。もう少し真剣に考えて！」

「うぅっ……はい……」

パイシェン先輩の私を心配してくれてる真剣な言葉に、私は頷《うなず》かざるをえなかった。

そんな私とパイシェン先輩たちの話は置いといて、周囲も動き始めていた。

「すみません、エトワさま、今日、私たち三人は帰りの護衛ができません。スリゼルとクリュートに護衛してもらってください」

お昼にそんなことを言う、ソフィアちゃん、リンクスくん、ミントくんの三人。

「ちょっとちょっと、どこ行くつもりなの⁉　君たち！」

いつもは帰りの護衛の役目を取り合うぐらいの三人が、そんなことを言い出すのは不穏すぎて、私は聞き返す。というか、ソフィアちゃん、リンクスくんはぎりぎりいつも通りと言えなくもないけど、ミントくんについてはレタラスにまたがってる。

このまま放置するのは絶対に危険だ。三人は声を揃《そろ》え据わった目で言う。

「ニンフィーユ家にです」

「ニンフィーユ家にだ」

「ニンフィーユ家に……」

これ完全にかちこみだ。

ああ、先輩と話すときも、きっと冷静に話せないだろうから外にいてもらったのに……

「いやいや、そういうことはいいよ～。それより、嫌なこともあったから今日は一緒に

寄り道とかして買い食いとかしないかい？　三人が一緒に来てくれるなら私は嬉しいなぁ。クリュートくんは嫌がるし、スリゼルくんなら止められるし。ね？」

風の派閥《はばつ》と水の派閥《はばつ》の全面戦争を避けるために、私は必死で知恵を絞ってそう提案した。

「むぅ……わかりました……」

私の必死のお願いに、ソフィアちゃんたちも不満そうな顔をしながら頷《うなず》いてくれた。

しばらく、一緒に帰って見といてあげないとって思った……

ポムチョム小学校まで迎えに来てくれた三人と寄り道しながら帰って、家に着いてから、侍女さんから伝言があった。

「クロスウェルさまがこちらの館に来訪されるそうです。アンデューラのことについて、エトワさまにお話があるということです」

「は、はい……」

風の派閥《はばつ》の総統、お父さままで襲来である。

う〜ん、思った以上に、どんどん大事《おおごと》になっていくなぁ……

ルヴェンドにあるシルフィール公爵家の別邸——要は普段、私たちが暮らしている家――には執務室がある。普段は使われてないその部屋には、数ヶ月ぶりに主《あるじ》がやってきていた。

私のこの世界でのお父さん、クロスウェル・シルフィール公爵閣下《かっか》だ。

昨夜、夜遅くこの屋敷に来たみたい。

もう学校は始まってる時間で、ソフィアちゃんたちは登校してしまった。私は学校を休んで執務室に来るように言われている。

「クロスウェルさま、エトワさまがいらっしゃいました」

「入れ」

その言葉を聞いて私は部屋の中に入る。

すると、椅子に座って私を待ってるお父さまがいた。

「お久しぶりです、クロスウェルさま」

「久しいな。体の調子はどうだ？」

大火傷《おおやけど》したのはもう一年以上前になるけど、会うたびにこうして体調を聞かれる。

「もうずっと健康です。クロスウェルさまが用意してくださった医師団による治療のおかげです。ありがとうございます」

「それについては私が勝手にやったことだ。礼を言う必要はない」

そんないつものやり取りのあと質問をされる。

「シルウェストレの子たちの様子はどうだ？　学校の成績などはすでに把握している。それ以外に気づいたことがあれば話してほしい」

「はい」

私はよく病院を訪問したり、治療魔法の研究に寄付したりしているソフィアちゃんのことや、どんどん戦う技術を伸ばしているリンクスくん、魔獣を飼いならしているミントくん、コネクション作りや魔法の練習をがんばっているクリュートくん、護衛役の子たちをまとめてくれているスリゼルくんなど、護衛役の子たちががんばってることを報告した。

私と遊んでくれることも多いけど、みんな貴族としての努力は忘れてない。

「そうか」

お父さまは頷《うなず》くと、席を立って春用のコートを羽織《はお》った。

おや、どうしたんだろう、と思ってたら。

「今日は一緒に行く場所がある。ついてきなさい」

と言われた。

私は「はい」と頷《うなず》いてついていく。

もともと侍女さんからも今回の訪問はアンデューラの話をするためだと言われてたし、そのことについて何か言われるかと思ったけど、今のところ話題にすら上がらない。

今から行く場所に何かあるのだろうか。

お父さまと馬車に揺られて一時間ほど、特に会話らしい会話はなかった。

やってきたのはルヴェンドにある大博物館だ。

国でも有数の規模でかなり有名な博物館だけど、入ったことはなかった。

「クロスウェル公爵閣下《かっか》、本日は当館へご来訪くださりありがとうございます」

私たちというより、お父さまの来館に、白髪《しらが》交じりの髪をしたおじさんがやってきて深々と頭を下げる。その名札には館長と書かれていた。

当たり前の話なのかもしれないけど、館長が直接お迎えに来るとか公爵家の威光はすごい……

笑みを浮かべてぺこぺこする館長さんに、お父さまはいつもの感情を表に出さない声で尋ねる。

「あの件については了承いただけただろうか」

「はい、シルフィール公爵家からはたくさんのご援助をいただいてます。何かご要望があれば、当館としましては全力でお応えする所存です」

あの件？

私が首をかしげていると、お父さまと館長は博物館の中に入っていった。私もついていく。

博物館の中は貸し切り状態だった。

その手の人の間では人気がある博物館なので、単にお客がいなかったってことはないだろう。たぶん、お父さまが来るから貸し切りになったんだと思う。

私は前方を歩くお父さまと館長についていきながら、博物館の中をせっかくだからと見学する。

学校の教科書で見たことがある絵や、本でしか読んだことのない珍しいマジックアイテム、見たことのない綺麗な色の魔石なんかが、ガラスに囲まれて置いてある。

何の用で来たのかは未だにわからないけど、これだけで得した気分だ。

今度みんなを連れてきてあげたい。

はぐれないようにか、お父さまが何度か立ち止まり私を振り返るので、遅れないようにほどほどに楽しんでいたら、目的地にたどり着いたらしく二人の歩みが止まる。

そこは博物館の目玉になる展示品が置かれている場所だった。そこにあったのは一振りの剣。

青色をした大理石のような石で作られた硬質な鞘《さや》に収まっていて、上品な生地のクッションに寝かせて置かれている。ところどころちりばめられた銀色の模様が綺麗だった。

ガラスケースにはこの剣の銘《めい》と由来が書かれていた。

『風不断《フーチエイ》』

『伝説の鍛治師《かじし》ウォールティーが作った魔剣。この剣に断てぬのは空を彷徨《さまよ》う風だけだ、と第三十一代国王バルッセロ陛下から賞賛を受けた。シルフィール公爵閣下《かっか》より当館へと下賜《かし》された』

おお、かっこよくてすごそうな剣だ。たぶん国宝級ってやつだよね。

まあうちの天輝さんには敵《かな》わないだろうけど！　なんて考えてたら。

『当たり前だ』

頭の中で天輝さんの声が響いた。

ひとり言に返事がくるのは珍しい。もしかしたら剣相手だと対抗意識が燃えるのかもしれない。

天輝さんにも可愛いとこあるじゃない～と、心の中でメッセージを送ったら、着信拒否された。まあ拒否された時点で、あっちには届いてるんだけどね。

一方、剣の前に立ち止まったお父さまと館長さん。

お父さまの目配せに、館長さんが頷《うなず》くと、その懐《ふところ》から紐のついた大きな鍵を取り出した。

何する気だろう?

そう思っていたら、館長さんはその鍵を宙に突き立てる。

鍵は何もない虚空《こくう》に鍵穴があるかのようにはまり、それを館長さんはガチャっと横に回した。

すると周囲に光が溢《あふ》れ、風不断《フーチェイ》を囲んでいたガラスに、魔法陣が二十個ぐらい重なって現れる。

紫色や黄色、赤などいろんな色をした魔法陣が、怒涛《どとう》の勢いで解除されていく。たぶん、全部防護用の魔法なんじゃないかと思う。

さすがは博物館の目玉展示、警備も厳重だ。

浮かび上がっていた魔法陣がすべて消えると、風不断《フーチェイ》を囲むガラスはひとりでに開いていった。

「それでは借り受ける、すまない」

「いえ、もともとシルフィール家のものでございますので。我々のほうがお預かりしていただけでございます。他の宝物についても、いつでもお申しつけください」

ぼけーと状況もよくわからず見ていたら、風不断《フーチェイ》はお父さまの手に収まり、博物館の展示台から抜け出す。

そしてなぜかお父さまはこちらに歩いてきて、ぽんっと私の手の中に風不断《フーチェイ》を置いた。

えっ……？

私が呆然とお父さまを見上げると、お父さまはいつもの感情を見せない顔でおっしゃられた。

「アンデューラではマジックアイテムの持ち込みが二つまで許可されている。魔法使い相手には心もとない武器だが、何もないよりはマシなはずだ。使うといい」

えぇえぇえぇえぇえぇえぇえぇえぇ!?

風の一族も臨戦態勢でやる気満々だった。

美術館に寄付した宝剣を持ち出してくるなんて……

どんどん大事《おおごと》になっていく。

お父さまと博物館に行った次の日の朝。

朝起きたら、いつも通り制服に着替える。

寝巻きを脱いで、フリルつきのシャツを着て、スカートを穿《は》き、ジャケットを羽織《はお》り、最後に首もとにスカーフを巻く。

これがいつもの手順なんだけど、今日はさらに別の手順があった。

ベルトをつけて、そのベルトに鞘《さや》に入った剣を装着する。

風不断《フーチェイ》、博物館の目玉展示になっていた剣だ。お値段なんてついてないだろうけど、市場価格に換算するとおいくらぐらいだろう。

腰につけるとき、手がぷるぷる震えてしまった。

登校するときはだいたい五人一緒（クリュートくんだけは他の貴族の子と登校したりする）だけど、私はいち早くリンクスくんの部屋に行って、扉をノックした。

今日はリンクスくんが帰りの護衛の当番だったからだ。

「なんだ？」

「リンクスくんー！」

「え、エトワさま!?」

部屋の中でちょっとどたばたする音が聞こえた。

あんまり時間を取らせちゃ悪いから、私は扉ごしに用件を述べる。

「今日は絶対一緒に帰ろうねー！」

「はっ……？　あ、当たり前だろう！」

「絶対だよー！　ちゃんと私と帰ってねー！」

「だからちゃんとエトワさまと帰るって……！」

こんな高価なもの腰につけて、一人で帰るのは怖すぎる。

いや、戦闘力は間に合ってるんだけど、心理的にね。だからリンクスくんに一緒に帰ってと念押ししておいた。

「ふぅ……」

用件を伝えた私は朝食が待つダイニングへ向かった。


学校で授業を受けてる最中、ふと考える。

そういえばチームってどうなるんだろう。アンデューラに参加するにはチームがいるわけだけど、私はチームを組んでない。

アンデューラのリーグは実力によってランク分けされてて、それぞれ古語で数字が割り当てられてる。

１〔ユーヌ〕、２〔デュエ〕、３〔トリス〕、４〔キャットル〕……15〔クインズェ〕、16〔シズ〕っていう風にね。

ランクは魔法の成績や家格も考慮して、先生に決められるんだけど、私の場合、そもそも魔法が使えないのだから、当然16〔シズ〕からのスタートになるだろう。

16〔シズ〕の生徒なんて知り合いにいない……

そもそも桜貴会の人たち以外に話せる人がいない……

ぼっち……

そんなわけでどうするんだろう、って思ってたら、あっさり答えがやってきた。

「エトワさまはいらっしゃいますか？」

昼休みに、誰かに教室の外から呼び出された。

「あ、は、はい。私ですけどー」

戸惑いながら教室を出ていくと、上級生三人が教室の前にいた。

「シルフィール公爵閣下《かっか》からのご命令でエトワさまとチームを組ませていただくことになったトルデ男爵家のサルデンです」

「同じくサンド子爵家のゾイです」

「パル男爵家のカリギュです」

うおーい！

貴族社会の恐ろしさを思い知らされる。

どうにも私の家から命令が下って、風の派閥《はばつ》の傘下《さんか》の子たちが私とチームを組まされることになったらしい。普通、親同士の間で命令が下って、致命的に才能のない子とチームを組まされるとか、子供としては暴動ものだよね。

しかし、三人とも淡々と現状を受け入れて、私に話しかけてくれる。

「打ち合わせなどもあるので、今から来ていただけますか」

「は、はい……」

そうしてミーティングルームみたいな場所に連れてこられたが、まあ話すことなんてない。

だって、魔法がメインの試合なのに、魔法が使えない人間なんだもん。

せいぜい、前には出てこないでください、俺たち三人でなんとかしますから、ぐらいしかない。

「あ、あの……おとり役ぐらいならやりますよ……？」

「いえ、開始地点にいさえしてくれればいいです。ご無理はなさらないでください」

私の提案は、オブラートに包んで却下される。

余計なことしないでくださいってことだろうなぁ……。実際、一般人が多少強い剣を持っただけで、魔法使いに対抗できたら何の苦労もない。

実りなんてあるはずのない打ち合わせが終わり、私は部屋を出る。するだけど、話をメモするのに使ってたペンを忘れたことに気づき、部屋に戻った。すると、扉の向こうから、一緒にチームを組むことになった子たちの声が聞こえてきた。

「くそっ、なんであんな奴と俺たちがチームを……！」

「仕方ないだろ……。シルフィール公爵家直々《じきじき》の命令なんだ……」

「三年のころから一緒にやってきて、だんだんと実力をつけて、今季は15〔クインズェ〕を目指せると思ってたのに……」

部屋の中からはため息も聞こえてきた。

「ボニーが14〔トロッツェ〕のチームに入れたのが不幸中の幸いだよ。あいつは魔法の才能あるし、うちのチームにはもったいないぐらいだったし」

「父さまも派閥《はばつ》内で地位が一つ上がったって言ってた。将来を考えると悪くないのかもな……」

う〜ん。最悪、私が恥をかけば済むだろうと思ってたけど、ちょっと甘く考えていたのかもしれない。私はペンのことは諦《あきら》めて、桜貴会の館を訪れる。

そこでパイシェン先輩にお願いした。

「すみません、シーシェさまに仲裁《ちゅうさい》してもらう案ですけど、やっぱりお願いさせてください」

一度断った手前、心苦しいけど、でもこのままでは関係のない人にまで迷惑をかけてしまう。

パイシェン先輩はやっぱりというように、ふんぞり返って言った。

「明日のお昼に高等部に行くわよ。シーシェさまなら約束がなくても会ってくれると思うから」

「ありがとうございます！」

私はパイシェン先輩の手を握ってお礼を言った。

「ふ、ふんっ……本当にあんたは世話が焼けるんだから……」

持つべきものはツンデレな先輩だよね。


次の日のお昼、私とパイシェン先輩は高等部の校舎にやってきた。

同じ学校だから併設されてるんだけど、徒歩で二十分ぐらいはかかってしまった。高等部の校舎は、設備も高校生用のおっきなサイズで、見慣れないのもあいまって圧迫感を感じる。

「ちょっと緊張しますね……」

「そう？　私は何も感じないのだけど」

パイシェン先輩は平然とした顔ですたすたと歩いていく。さすが大貴族のお嬢さま。高等部生がたくさんいる教室の前も、堂々と通り過ぎていき、逆に水の派閥《はばつ》と思《おぼ》しき高等部生に頭を下げられたりしてた。

「ついに三年生になってしまったが、俺たちルーヴ・ロゼ高等部四傑衆《よんけつしゅう》も――」

特に関係ない教室はどんどん通り過ぎ、そこから右折してまた外の庭に出る。

日当たりがよく、綺麗な花が咲き乱れる花壇の傍《そば》を歩いていくと、小等部の桜貴会の館より、さらに豪華になったお屋敷があった。

「あら、パイシェンさま、高等部のほうにいらっしゃったのですね」

パイシェン先輩が館のほうに近づいていくと、ちょうど桜貴会のメンバーと思われる人が館の中から出てきた。パイシェン先輩と顔見知りなようで、声をかけてくる。

「ええ、シーシェさまはいらっしゃるかしら」

「はい、いらっしゃいますよ。パイシェンさまが来たと聞けばお喜びになると思います。それでは」

その人は用事があったのか、パイシェン先輩に頭を下げて去っていく。そんなやり取りを私は空気になってやり過ごしたあと、パイシェン先輩と一緒に高等部の桜貴会の館に入っていった。

今は昼休みの半《なか》ばぐらいで、館にはもうほとんど人の気配はなかった。シーシェさまを除くと、さっきのが最後の桜貴会の人だったのかもしれない。

パイシェン先輩の先導で、私たちは一つの部屋の前にたどり着く。

先輩はすぐにその扉を開けて、中に入った。

「シーシェお姉さま、いらっしゃいますか？」

「あら、パイシェンちゃんに、それからエトワちゃんじゃない。遊びに来てくれたの？」

大きな窓ガラスのある日当たりのよい部屋で、ゆったりとソファに寝そべって、お茶を楽しむ絶世の美女がいた。この人こそが、シルフィール家に並ぶ水の公爵家、ウンディーネ公爵家の長女、シーシェさまだ。パイシェン先輩と私の姿を見て、嬉しそうに手をひらひらと振ってくれる。

シーシェさまの横にあるテーブルには、美味《おい》しそうなフルーツやケーキが並び、部屋の奥にある扉の向こうからは、さらに甘いものが焼ける匂いが漂《ただよ》ってくる。

あれ、この部屋って調理室が併設されてるの？

そう首をかしげてると扉が開き、見覚えのある人物が、ウェイター姿でお盆を片手に出てきた。

「シーシェさま、ご注文通りできました。ホイップクリームたっぷりのパンケーキでございます」

「ク、クレノ先輩！　何やってるんですか⁉」

扉から出てきたのはなんとクレノ先輩だった。

私が一年生のとき、生徒会長に立候補した平民の生徒で、パイシェン先輩との選挙に負けたあとも生徒会の一員として一緒に活動してくれた。

クレノ先輩はウェイターそのものの動きで、シーシェさまに五段重ねのパンケーキを差し出すと、例のうさんくさい笑顔で、にっこりと微笑みかけてきた。

「やあ、エトワちゃんじゃないか、久しぶりだね。それからパイシェンさまも一ヶ月ぶりです」

「ええ、うまくやってるようね」

「おかげさまで」

みんな平然としてるけど、私はわけがわからない。

クレノ先輩がなぜかシーシェさまのところにいて、給仕をしている。というか、隣の部屋にもう人の気配がしないところを見るに、パンケーキも自分で作ってたっぽい。

しかも、卒業してからもパイシェン先輩とは、かなり交流があったようだ。

完全に状況に置いていかれてる私に、パイシェン先輩が気づいて、クレノ先輩に言う。

「あなた、エトワには何も話してなかったの？」

「ええ、無駄に心配させるのも、かわいそうかなって思っていましたし」

「心配？」

首をかしげる私に、クレノ先輩自身が説明してくれた。

「あのあと、勝手に生徒会に入ったせいで、グノーム家に不信感を抱かれちゃってね。土の派閥《はばつ》を追い出されてしまったんだよ」

「えぇえええええ！」

追い出されたって！

「貴族社会では力も大切だけど、上からの信用も大切だわ。自分たちの仲間だという確証がなければ、力があっても血の繋がりのない平民はなかなか受け入れてもらえない。むしろ力が大きい分だけ、排除の方向に向かいやすいわ」

「僕もその例に漏れず、支援を打ち切られて、あやうく退学ってことになりかけてね。パイシェンさまの伝《つて》で水の派閥《はばつ》に拾ってもらったんだ。今は学校に通いながら、こうやってシーシェさまの給仕役も仰《おお》せつかってるよ」

し、知らなかった……

裏でそんなことになってたなんて……。これって私が生徒会に誘ってしまったせいだよね……

「わ、私のせいでごめんなさい……」

「いやいや、君が謝ることじゃないよ。自分で決めたことだしね。それに結果的には、どっちかっていうと前より過ごしやすくなったよ。どうにも土の派閥《はばつ》とは相性があんまりよくなくてね。今はやりたいこともできてるし、充実してるよ」

そう言ってウェイター姿で、にやっと笑って、ポーズを取ってみせる。

そういえば飲食店やりたいって言ってましたねぇ。

パイシェン先輩が腕を組んで、いじわるそうに笑って言った。

「そもそも、あんたじゃないんだし、あの状況で水の派閥《はばつ》である私が長を務める生徒会に入ったらどうなるかなんて、わかってて行動したに決まってるでしょ」

「ええっ、じゃあもしかしてパイシェン先輩もわかってたんですか？」

「当たり前じゃない。土の派閥《はばつ》に不信感を抱かせて、有能な人材を引き抜けるなんて、めったにないチャンスよ。やるに決まってるじゃないの」

あのときそこまで考えてたのか……。私は純粋に、クレノ先輩が生徒会に入れてよかった～って思ってただけだった。

き、貴族に関わる人たちってしたたかだ……

シーシェさまもパンケーキを食べながら、満足そうに言う。

「私としても有能な人材が入ってきて嬉しいわ。気は利くし、料理は美味《おい》しいし、お茶も淹《い》れられるし、得した気分よ」

「お褒めにあずかり光栄です」

クレノ先輩は胸の前に手を置いて、優雅な仕草で頭を下げる。もう完全に給仕姿がはまっていた。さながら高級レストランのウェイターさんである。

「それで二人は何の用件でここに来たの？」

あっ、そういえば本題を忘れていた。

「なるほどね～」

私たちがかくかくしかじか事情を説明すると、シーシェさまは寝そべりながら頷《うなず》き、その美しい顔に微笑を浮かべ、私たちに言った。

「可愛い後輩の頼みですもの。いいわよ、ニンフィーユ家に掛け合ってあげる」

私たちはほっと息を吐《つ》く。

ウンディーネ公爵家からの要請なら、ニンフィーユ侯爵家も無視できないはずだ。

でも、現実はそんなに甘くなかった。

「と言いたいところだけど、今、うちはニンフィーユ家に断交されてるのよねぇ」

「ええっ⁉」

「またですか⁉」

水の派閥《はばつ》の長であるウンディーネ家が、それに従ってるはずのニンフィーユ家に断交されたという話に私はびっくりしたんだけど、パイシェン先輩は『また』としょっちゅうあることのように言って困った顔をした。

「そうなのよ。また怒らせちゃったのよ～」

シーシェさまはやれやれという風に首を振る。自分たちに原因があったかのように言う割には、その仕草にあんまり悪びれた様子はない。

水の派閥《はばつ》は、他の派閥《はばつ》に比べて少々特殊な形態をもっている。

派閥《はばつ》の長はウンディーネ家なのだけど、実際に取り仕切っているのはニンフィーユ家なのだ。

これはウンディーネ家に派閥《はばつ》をまとめる気がゼロなせいだ。下々の瑣末《さまつ》な事柄に手をわずらわされるのはめんどくさいからということで、代々、当主としての仕事は放棄しているらしい。

そこで水の派閥《はばつ》の次席たるニンフィーユ家が、内部的にはほとんど代表という扱いで水の派閥《はばつ》をまとめ上げている。だからニンフィーユ家の権勢は、今回みたいに公爵家にも軽くなら喧嘩《けんか》を売れるぐらいに強い。

そんなニンフィーユ家とウンディーネ家の間に、たびたび断交が起きてるなんて……

「今年の四月に水の派閥《はばつ》の総会があったのよね」

ソファに寝そべり、クレノ先輩に扇子《せんす》で扇《あお》いでもらいながら、シーシェさまはどこか眠たげな表情で、自分たちの半身ともいうべきニンフィーユ家と断交に至った経緯を語り始める。

「どうにもその総会にはかなり気合を入れていたらしくて、うちの派閥《はばつ》の貴族にはみんな参加してもらって、他にも後援してる著名人なんかを呼んでたそうなの。そうそうゼル殿下もお招きしてたらしいわ」

そんなパーティーがあったのか〜。

「その総会で、水の派閥《はばつ》のこれからの勢力の拡大と将来の展望について語る気だったらしくて、本当にすごい気合の入れようだったのよ、ペルシェン侯爵ったら。私たちにも何度も何度も絶対出席してくれって念押ししてきて」

「そういえばお父さま、確かにそのころ、やたらと気勢をあげていたわ」

「でしょう？　ペルシェン侯爵ったら、本当に必死といった感じで」

そこでシーシェさまは、宝石のように美しい笑みを浮かべて続けた。

「これはもう、サボるしかないなと思ったのよ」

ええええええっ、どうしてそうなるの!?

驚いた顔の私に、シーシェさまは当然といった顔で主張する。

「だって侯爵ったらあんなに念押ししてきたのよ。絶対出てください、これだけは絶対にお願いしますって……。ここでサボったら、きっとペルシェン侯爵の面白い側面が見れると思ったのよ」

要は押すなよ、絶対押すなよ現象なのだろうか。

シーシェさまはそこから憂鬱《ゆううつ》な表情になり、ため息を吐《つ》いた。

「でも、大して面白い反応は見られなかったわ。顔を真っ赤にして怒って『ウンディーネ家とのお付き合いを断たせていただきます！』と言われただけ」

そりゃそうでしょう……。

「それでね、また断交されちゃったのよ」

「またって大丈夫なんですか……？」

私はもう自分のことより、両家のほうが心配になってしまい、シーシェさまに尋ねる。ニンフィーユ家に今も困らされている私だけど、なんかペルシェン侯爵のほうに感情移入してしまった。

「まあ三ヶ月もすれば、また連絡が取れるようになるわ。いつものことだもの。断交だけならここ百年で六十三回は起きてるらしいわよ」

二年に一度以上!?

パイシェン先輩が腕を組んで現実的な表情で言う。

「ニンフィーユ家の力だけじゃ、派閥《はばつ》にあれほどの大人数はついてきてくれないわ。運営能力はあっても、人が集まるのはあくまでウンディーネ家の方々の威光あってこそよ。だから私の家が、シーシェさまたちとの繋がりを手放すわけないの」

「私たちもニンフィーユ家に感謝してないわけじゃないのよ。あの家があるおかげで、こうしてより快適に過ごせてるんだもの」

派閥《はばつ》を大きくするため強いリーダーが欲しいニンフィーユ家と、群がってくる人々を誰かにまとめてほしいウンディーネ家、二つの家はそんな共生関係らしかった。

ただ現状、喧嘩《けんか》というか、一方的に断交されてる状態にあるらしい。

「そういうわけで三ヶ月の間は、私たちでも言うことを聞いてくれないと思うわ。断交が解けたら交渉してあげるから、それまではあなたたちでなんとかしてちょうだい」

三ヶ月。ちょうどリーグの順位が一度決まるぐらいの間だ。

期限ができたのはいいけど、結局、参加はしなくちゃいけないなぁ……


ついに試合の日がやってきてしまった。

朝ごはんの時間、リンクスくんがじーっと私の顔を見てくる。

「どうしたの、リンクスくん？　ソースでもついてるかい？」

ソテーにかかってたソースでもついちゃったかと、口元を拭《ぬぐ》ってみるけど何もついてない。

リンクスくんはそんな私を、若干睨《にら》みながら言った。

「そんなにのんきな顔して大丈夫なのかよ。今日はよりによって水の派閥《はばつ》の奴らと当たるんだろ」

「う～ん、まあなるようにしかならないよ。もちろん全力ではやるつもりだけど」

どうやらアンデューラの話だったらしい。

大丈夫かと問われても、そう答えるしかない。

私としてはやれることはやったつもりだし、あとはシーシェさまに託すしかないのである。試合だって、相手が何してくるのかもわからない。相手の出方を待つしかないのだ。

とりあえず取れる対策としては、辱《はずかし》めとかいうワードがあったので、下着は一番いいのにしておいた。スカートをめくられてもこれなら平気だ。

「それなら俺が事前に対戦相手の奴らを倒して脅《おど》して――」

「いやいや、それは犯罪だから」

危ないことを言い出すリンクスくんに、私はそれはだめだめと手を振る。

「まったく、リンクスは焦りすぎです」

「なんだと！」

同じく食卓で魚のソテーを食べていたソフィアちゃんからも、リンクスくんに注意が飛んだ。

「エトワさまが大丈夫と言っているんですから、私たち護衛役はどんと構えてればいいんですよ」

「くっ……！」

話が来たときは焦りまくっていたソフィアちゃんたちだけど、もう焦ってるのはリンクスくんだけのようだ。よかった。

食事のあと、ソフィアちゃんが駆け寄ってきて、嬉しそうにひそひそ話をしてくる。

「ついにあの力を使うんですね！　エトワさま！」

「あの力……？」

「ほらっ、私たちを助けてくださった力です。ヴェムフラムを倒したのも、本当はエトワさまなんですよね！」

「いや……まあ倒したのはそうだけど、使わないよ、あれは」

「えっ、だってやけに落ち着いていらっしゃいましたし、さっき全力でやるって」

「確かに全力でとは言ったけど、あれはただのやりすぎだしやらないよ」

学生同士の勝負だし、そういうのを持ち出すのはちょっとねぇ……

全力でやるっていうのは、今の私の状態でできることを精一杯がんばること。そりゃ、チームの人にはちょっと悪いけど。

そう説明したら、真っ青な顔でソフィアちゃんが震えだした。

「そんなっ……こうなったら試合前に対戦相手を……」

「いやいや、だから犯罪でしょそれ！」

この子も同類だったよ！

「だってじゃあ……どうしたら……」

「だからなるようにしかならないってば～！」

ソフィアちゃんに大丈夫だと言い聞かせて外に出たら、ちょうど外出しようとしていたミントくんがいた——なぜか、魔獣《レタラス》に乗って。

「じゃ、行ってくる……」

「まてーい!!」

全部がおかしい！　今日はミントくんのチームの試合日じゃないのに！

「どこに行くつもりかね、君！」

「朝市に買い物に」

「いやいや、ミントくん人ごみ嫌いでしょ！　買い物に付き合ってもらってるとき、バーゲンとか行くといつも不機嫌になるじゃん！　絶対嘘でしょ！」

ミントくんは嘘を見破られるとは思ってなかったらしく、珍しく困った表情で唸《うな》った。

「むぅ……」

「今日は外出禁止ね。これは主《あるじ》としての命令です」

「むぅ………」

本当はこんなことしたくなかったけど、私はミントくんを犯罪者にしたくないので命令を言い渡した。

学校で、チームの人たちと合流する。

「今日はよろしくお願いします」

「はい」

「よろしくお願いします」

チームの人たちはそっけなく返事をすると、会場へと歩き出してしまった。

う～ん、やっぱり気まずい。

そう思いながらついていくと、向こうからクリュートくんとスリゼルくんが歩いてくる。同じ風の派閥《はばつ》なせいか、チームの人たちは深々と頭を下げた。

「クリュートくんとスリゼルくんも今日試合なんだよね。あとで応援に行くよ！」

私がはしゃいでそう言うとクリュートくんは、呆れた表情で私に指を突きつけて言う。

「人の応援してる暇があるんですか？　今日は水の派閥《はばつ》のチームと戦うんでしょう。せいぜい相手から同情してもらえるような降参の仕方でも考えておいたほうがいいんじゃないですか？」

「いや、降参するつもりはないよ」

その言葉にクリュートくんは、はんっと笑う。

「それじゃあ、散々《さんざん》恥をかかされた末にやられるだけですね。やられるまで試合は終わらないですから、相手はとどめさえ刺さなければやりたい放題ですからね。まあ僕からアドバイスしてあげると、味方の魔法に巻き込まれたふりしてやられるのが、一番無難じゃないですか？」

こちらをバカにするような口調ながらも、なんだかんだアドバイスをしてくれるクリュートくんに私はお礼を言った。

「なんだ～。心配してくれてたんだね。ありがとう～」

「はっ、はぁ!?　魔法も使えないのにアンデューラに参加することになってしまった仮の主人に多少同情してるだけですよ!!」

お礼を言った途端、焦るようにまくしたてるクリュートくんとは真逆に、スリゼルくんは落ち着いた様子で一礼をした。

「ぜひ試合が終わったら見に来てください。エトワさまに観戦に来ていただけるなら光栄です。試合もがんばってください」

「うん、それじゃあまたあとで～」

試合開始までそんなに時間がないので別れを告げて、競技場のほうに歩き出す。

何か気に障《さわ》ることがあったらしく、離れていく私にクリュートくんが叫んでくる。

「ふんっ、せいぜい大恥をかいて負ければいいんじゃないですかー？」

「うん、恥をかくのもまた青春だよね！　がんばるよ！」

私はそんなクリュートくんに笑顔で手を振った。


見学席とは別の場所からアンデューラの会場に入る。

事前に説明も受けてたけど、入り口からちょっと下り坂になっていた。地下に下りる廊下を歩いていくと、選手の控え室を兼ねた場所に来る。

控え室の一角には複雑に幾重《いくえ》にも重なった魔法陣があって、そこから私たちの精神だけがアンデューラの会場に入場することになる。

「三十分後に試合開始です。各自準備をしておいてください」

扉の前にいた先生からそう告げられて、部屋に入るけど、それからもみんなは無言だった。

雰囲気が暗い。

「あのぉ、やっぱり私――」

おとり役でもしようかなと思います。そう言おうとしたら、

「開始地点で大人しくしていてください」

そう念を押すように言われた。

くそぉ、取り付く島もない……

私まで黙りこくると、チームメイトの一人サルデンさんが、ため息を吐《つ》いて言った。

「あなたがどう思ってるかはわかりませんが、僕たちは負けるつもりはないですよ」

続いて、ゾイさんが口を開く。

「すでに一人足りなくても、勝算の多い作戦を考えてきています」

つまり私は数にも入ってないということだよね……。作戦もどうやら私のいないところで決めてしまったらしいし……

まあ当然かもしれないけどさ……。でも魔法が使えなくたって、敵の魔法を引きつけたり、そんなことはできると思うんだよね。もちろん魔法使いがもう一人いるときに比べたら、私の働きなんてミジンコみたいなもんだろうけど、でもゼロよりはプラスになれると思う。

というか、プラスになっていきたい！　そんな気持ち！

でも、三人の考えは違うようだった。

最後の一人、カリギュさんが私に言う。

「あなたに動かれたら作戦が狂う可能性があります。お願いしますから、開始地点で大人しくしておいてください」

二回目の念押し、いや最初に会ったときの打ち合わせを考えると、三回目の念押しだ。

ここまで言われると、もう大人しくしておくしかない気がする。

もともとこのチームは彼らのものなんだし。ベストを尽くすと言ったけど、彼らの意向を無視して個人プレーに走るのはまた違う気がするし。

ここは言われた通り、出現地点で大人しくしておこう……

なんて殊勝《しゅしょう》な決心はしたけど、不満ですとも！

ちくしょー、おとり役ぐらいさせてくれても良いじゃないかー！


「試合開始五分前です。魔法陣に入って待機してください」

あのあと二十分ぐらい部屋で無言で過ごしたあと、先生からの指示で魔法陣の中に入っていく。

そういえばと思って、私は天輝さんに心の中で尋ねる。

(天輝さん、これ私が入っても大丈夫なのかな?)

私はすでに魔法陣に足を踏み入れた状態だった。

なんか魔法陣が光りだして、私たちをスキャンしている。

『今さらすぎる。仕組みを見たところ、中に入った人間のステータスや能力などを解析して、巨大な魔法でフィールドに投影するシステムのようだ』

（天輝さんの力もスキャンされちゃうってこと？）

『ああ、だからすでに偽装データを流しておいた。お前の望むように、通常時のお前の能力とステータスだけを情報として伝えている』

（さすが天輝さん！）

『仮実体に精神を移す魔法はやや攻撃的に感じるが、今回は妨害しない。お前の意識もちゃんと仮実体へと接続される。いつものお前の体とまったく同じように動けるはずだ。ただし、力の解放はできないぞ』

（うん、それは構わないよ。ありがとう）

有能な天輝さんのおかげで、心配せずアンデューラができるようだ。

『何かあったら、こっちから意識を引き戻す』

（は～い。それじゃあ行ってきます！）

そんな風にやり取りしてたら、視界が真っ白になって、一瞬意識が途切れる。

次に気がついたときには、アンデューラのフィールドにいた。

「エトワさま！　がんばってくださーい！」

「とにかくがんばれ！　変なことしてきたら俺たちがぶったおしてやる！」

ソフィアちゃんとリンクスくんが応援に来てくれていた。手を振っておく。

そこから十席ぐらい離れたところに、変な仮面で顔を覆《おお》った少年がいた。

まあ、あれはミントくんだよね……。外出禁止にしたんだけどなぁ……

仕方ない。大人しくしてるようだし、見逃してあげよう。

『それではサルデンチームと、ゴウツクチームの試合を開始します！』

私は試合開始の合図と共に、心眼の距離を伸ばす。

建物で視界を阻まれた先に、相手チームの四人がいた。

青に近い系統の髪色をした子が多い。確かに水の派閥《はばつ》のチームらしかった。すでに勝ちを確信してるのか、にやにやしていた。

開始と同時に、サルデンさんたち三人は三つに分かれながら相手側に走っていく。

速攻を仕掛けるつもりなのだ。

風の魔法で体を加速させ、建物の間を抜けて、相手に接近していく。

最下位のリーグのチームだけど、その動きはかなりよかった。彼らの言った通り、本来なら来季から上のリーグにいけるはずのチームだったのだろう。

水のチームはしばらく開始地点にいたけど、ゆっくりと進行を始め、サルデンさんたちと広場になった場所でかち合う。

サルデンさんたち三人は、見事にまったく同時にその場所に到着した。

全員が違うルートを通ってきたので、三方向から攻撃できる態勢だ。

「やるぞ！」

サルデンさんの合図で、三人が魔法を放つ。

しかも、相手チームの一人に、示し合わせたようにターゲットを集中させてだ。

三つの風の槍《やり》が、敵チームの左端にいた生徒へと向かっていく。

試合開始後すぐに距離を詰め、こちらが三方向から攻撃できる場所で接触し、ターゲットを一人に絞って、速攻で仕留める。

そうすれば三対三で、そこからは互角だ。

三人の火力を一人に集中させれば、魔力的に互角なら相手が防御しきるのは難しい。

逆にこちらは三手に分かれているので、咄嗟《とっさ》に反撃もされにくい。

とても有効な作戦だったと思う。

――読まれてさえいなければだけど……

「なっ！」

ゾイさんが驚いた声をあげる。

相手は二人一組で魔法障壁《しょうへき》を張って、サルデンさんたちの攻撃を防御してしまった。

四人全員で誰か一人に攻撃がくるのを守ろうとすると、咄嗟《とっさ》に反応するのは難しい。

でも二人グループを作って、お互い守る相手を示し合わせておけば、すぐに防御することはできる。

もちろん二人で三人分の攻撃を防ぐわけだから、完璧に防ぎきれるわけではない。

でも貫通した風の槍《やり》は肩に傷を負わせただけで、致命傷にはならなかった。

「へへっ、一人を潰しにくるのはわかってたぜ！」

相手チームのリーダーらしき少年が笑う。

これが戦力で劣るチームの悲しいところだ。作戦次第では勝てないこともないけど、勝つための作戦を考えていくと、自然と取れる行動が限られてしまう。

相手がそれをわかっていれば、勝算があるはずの作戦をピンポイントで読まれ対策されてしまう。

そうなってしまうと、不利な側がさらに不利になる。悪循環なのである。

「くそっ、一度態勢を立て直そう！」

サルデンさんがそう指示を出して、全員で距離を取ろうとするが、

「逃がすかよ！」

攻撃を受けなかったほうの二人が、それより早く魔法を完成させる。

水の鞭《むち》が二本、カリギュさんに襲いかかった。

一本目は避けたけど、二本目が当たる。

「ぐはっ……！」

カリギュさんが壁に叩きつけられて動けなくなった。

「カリギュ！」

慌ててゾイさんが牽制《けんせい》の風の魔法を放つ。しかし、それは防御に徹している二人に防がれた。

動けないカリギュさんを、追撃の水の槍《やり》が貫《つらぬ》く。

そのままカリギュさんの体は光になって消えてしまった。一人やられた。

「こりゃ、勝《か》ち確《かく》だな」

リーダーの少年が笑う。

事実、三人と二人ではまったく戦況が違う。

今までは攻撃を集中させれば、一人倒せる可能性があったけど、今は防御に専念する相手を打破できない。そして相手には攻撃できる余裕もある。

このままじゃ、じわじわやられて終わりだ。

ああ、参戦したい！

おとりになれるような人間が一人いれば、この状況でも相手に攻撃をさせて、カウンターを狙える。だからって勝てるもんじゃないけど、今よりはずっと可能性がある。

でも、私が心を決める前に決着はついてしまった。

カリギュさんの救出に失敗して、退避しようとしたゾイさんの足に、何者かが噛みつく。

「なにっ⁉」

それは体長三メートルぐらいの、水に濡れたぬらぬらした鱗《うろこ》の蛇だった。

「ははっ、序盤に水蛇《ウォーターサーペント》を召喚しておいたのさ！」

だから、彼らは開始地点からしばらく動かなかったのだ。

水蛇《ウォーターサーペント》の召喚は、そこまで難度の高いものじゃなく、力もそこまで脅威ではない。でも、このただでさえ人数で負けてる状況ではきつい。

足に巻きつかれ、ゾイさんの動きが止まる。

その隙を逃さず、相手チームは魔法を撃ってきた。サルデンさんは遠すぎて助けに入れない。

一人分の魔法障壁《しょうへき》に二人分の魔法が飛んできて、ゾイさんもやられてしまう。

敵チームのリーダーが、挑発するようにサルデンさんに笑いかける。

「もうお前らに勝ち目はないんだ。リーダーともあろう者がこそこそ逃げ回ったりはしねぇよな！」

立場は違えど、サルデンさんも同じ認識だったらしい。

諦《あきら》めの混じった表情で前に出ていく。

まあ、最後まで諦《あきら》めるなー！　なんて根性論みたいなことは言えない……

さすがにここからの逆転は厳しい……

サルデンさんは、最後の魔法を詠唱《えいしょう》して相手に突撃していったが、多勢に無勢。四つの魔法が突き刺さって、痛々しい姿で消えていく。

というわけで、負けてしまった……

これはもう終戦だ……

ベストを尽くしたとは言えないけど、これも仕方ない……

意見は違ったけど、サルデンさんたちは勝つためにがんばってくれた……

結局、私は約束通り、開始地点から一歩も動かずに、相手を待つことになった。

にやにやの増した顔で、相手チームがゆっくりと、私のほうに歩いてきた。

「へっへっへ、お待たせしてしまって申し訳ありませんね。シルフィール家のお嬢さま」

シルフィール家のお嬢さまという言葉には、とても皮肉げな響きがこもっていた。

「あれれ、冴えない顔をしてるからわからなかったですけど、かの有名なシルフィール家のお嬢さまだったんですか。これは、まだ勝負はわかりませんねぇ」

「はっはっは！　その通り！　おー怖い」

彼らの言う通りだ。

私が本物のシルフィール家のお嬢さまと認められるような人間なら、ここからでも勝算は十分にあっただろう。むしろ、彼らこそ笑ってられない状況のはずだった。

彼らは笑いながら、逃げられないように檻《おり》を作るようにして私を囲む。

そしてリーダー格の少年が私を怖がらせようというように、指の骨をぽきぽきと鳴らしてみせた。

「まああんたにはこれからちょっと、痛い目や恥ずかしい目にあってもらうけど、上からの命令なんで俺たちを恨まないでもらいたいね」

「ははは、間違えてぶったおしてしまわないように注意しないといけませんね」

「簡単にここから出られるとは思わないほうがいいぜ！」

「魔法が使えりゃーなぁ。こんな目にもあわなかったんだろうけど。同情するぜ」

上からの命令と言ってたけど、彼ら自身それを楽しんでるようだった。まあそういう人間なのだろう。

「ふむっ……」

私は呟《つぶや》いた。

彼らは楽しそうに笑いながら、私の呟《つぶや》きに反応する。

「ははっ、お嬢さま。何か俺たちにおっしゃりたいことがありますかな？」

「降参なら聞くつもりはありませんから、よろしく！」

どうやら私をどうやっていたぶるかに夢中のようだった。

私は素直に彼らに言いたくなったことを告げた。

「さすがに油断しすぎではないかね、君たち」

言葉と同時に抜き放った風不断《フーチェイ》を、彼らの首を通り過ぎる軌道で、一周巡らせる。

カチャッという音と共に、風不断《フーチェイ》はまた私の腰の鞘《さや》に収まった。

「えっ……？」

彼らの首が呆然とした表情で、私を見つめながら地面に落ちていく。

数秒遅れで彼らの体が消えて、会場に勝利のアナウンスが響いた。

『サ、サルデンチームの勝利です！』

私はアンデューラの控え室で、テーブルに肘《ひじ》をつき、天井を見上げ、憂鬱《ゆううつ》な表情で首を振って、ため息を吐《つ》く。

「やれやれ、本当はサルデンさんの指示通りに何もしないつもりだったのになぁ。ついつい、体が動いて全員倒してしまったよ。あぁ……これはきっと怒られるよなぁ」

「…………」

「…………」

「…………」

私はアンデューラの控え室で、テーブルに肘《ひじ》をついて、天井を見上げ、憂鬱《ゆううつ》な表情で首を振って、ため息を吐《つ》く。

「やれやれやれやれ、リーダーの指示を聞いてこの試合では何もしないつもりでいたのに。つい体が動いて勝ってしまったよ。不可抗力なんだけど、これはきっと怒られるだろうなぁ」

「…………」

「…………」

「…………」

私はアンデューラの控え室で、テーブルに肘《ひじ》をついて、天井を見上げ、憂鬱《ゆううつ》な表情で首を振って、ため息を吐《つ》く。

「やれやれやれやれやれやれ――」

「もういいよ！　俺たちが悪かったよ！」

「こっちが悪かったとはいえ嫌みったらしすぎます！」

「八回も同じこと繰り返しやがって！」

　私が『先輩からの指示を無視して、ついつい一人で敵を全部倒してしまい、勝利してしまったせいで先輩たちから怒られるかもしれないと心配している後輩ごっこ』をしていると、なぜか椅子に座り意気消沈していた先輩たちが立ち上がり、怒声をあげた。

　私は彼らにドヤ顔を浮かべながら言う。

「あれあれ？　また私何か変なことしてしまいましたか？　指示を破ったことを反省してただけなんだけどなぁ、ふぅふぅ」

「あああっ！　ものすごくイラッとする……！」

「失格の印を受けた子は大人しい子が多いって聞いてたのに……」

「なんで今回はこんななんだ⁉」

　怒る元気の出た彼らに、私もさすがにおふざけはここまでにして、こほんっとしゃべる。

「まあ、さっきのは冗談ですけど、でもやっぱり一人だけ何もしないでっていうのは、お互いに損だと思うんです。もちろん、今回みたいに都合よくいくとは限りませんけど、何度も言ってるようにおとりぐらいはできますし。こんなチームを組まされて、不満なのもわかります。ご迷惑をかけてる私が言うのはおかしいんですが、それでも前向きに力を合わせていくしかないと思います」

「……そうですね」

「あれだけの剣の腕があるなら、近づかれると魔法使いでも脅威ですよね」

「今回、俺たちが立てた作戦は通用しなかった。もっと取れる作戦の幅を広げないといけない」

サルデンさんも、ゾイさんも、カリギュさんも、わかってくれたようだ。

彼らの元チームメイトのように安定した活躍《かつやく》ができるわけではないし、今回は相手が油断してくれたことによる棚ぼたでしかない。

それでも、役に立てることは証明できたわけだ。結果的によかったと思う。

サルデンさんが私に謝ってくれた。

「今まですみません。これからは、一緒に戦ってもらえますか?」

「こちらこそ、よろしくお願いします」

なんだかんだチームの状態はよくなった。これからは作戦会議にも参加させてもらえるみたいだ。三ヶ月の間だけだけど、がんばろうと思う。

サルデンさんたちと残ってミーティングして、作戦案をちょいちょい考えたあと、競技場を出たら、ソフィアちゃんたちがいた。

「エトワさま、さすがです！　あんな勝ち方をするなんてかっこよかったです！」

ソフィアちゃんが興奮した表情で飛びついてきた。

私はその体を受け止めて、よしよしと撫でる。

リンクスくんも待ってくれていた。さすがにミントくんは逃亡したようだけど。

あの変な仮面はどこで見つけてきたんだろう。出所が気になった。

「いつの間に、あんな剣術使えるようになったんだよ……」

リンクスくんはなぜかちょっとすねたように言う。

「さすがに守ってもらってばかりってのも悪いしね。暇なとき剣の素振《すぶ》りをしてたんだよ～」

「私は知ってました！」

ソフィアちゃんが嬉しそうに言う。

知られてたのか。夜にひっそりやってるから、クリュートくんぐらいしか知らないと思ってた。

「俺は知らなかった……」

むっとした表情でそう言うリンクスくん。どうやら、知らなかったことにすねていたらしい。

「ごめんね！」

手を合わせて謝る。

秘密の特訓のつもりだったけど、確かに知らせてもらえなかったのは気分悪いよね。こんなに一緒に過ごしてるのに。何の気なしの行動でも、子供たちには影響が大きかったりするし、ちょっと反省。

「別にそんなのやる必要ねぇって、言ってやりたいけど……今回は……俺もどうしようもなくて、だからその……」

リンクスくんはちょっと口ごもりながら言ってくれる。

「お前が無事でよかった……」

「うんうん」

私はリンクスくんの気遣いが嬉しくて笑顔で頷《うなず》く。

たぶん、ソフィアちゃんやリンクスくんだけでなく、ミントくんにも心配させちゃったと思う。でも、いい形で乗り越えられて本当によかった。

私はソフィアちゃんに抱きつかれたまま、ぱっとリンクスくんに両手を広げてみせる。

「なんだよ、それ……」

「リンクスくんも抱きついてくれていいんだよ！　ほらっ！」

二人ぐらいなら受け止められるさ！

「やらねーよバカ！」

リンクスくんから怒鳴られる。

残念だ。リンクスくんは照れ屋なせいか、スキンシップをちょっと嫌がる。

今度、私のほうから抱きつきに行ってやろう。ぬっふっふ。

アンデューラの初めての試合が終わった。今日も今日とて、ルーヴ・ロゼの通学路を歩いていると、人波に差しかかったとき、周囲が少しざわついた。

「ほら、あの失格の子……」

「アンデューラで水の派閥《はばつ》のチームを……」

「最下位のリーグの生徒とはいえ四人も……」

どうにも前の試合が、学校で噂《うわさ》になってしまったらしい。

四人が勝手に剣の間合いに入ってきただけなんだけどねぇ……。マグレだし。

「ふっふーん、みんなもエトワさまのすごさが少しだけわかったようですね！」

なぜかソフィアちゃんは鼻高々《はなたかだか》だ。

可愛らしく整った鼻を空に向けて、ちょっとだけ後ろにそりながら歩いている。可愛い。

「クリュートくんとスリゼルくんのチームはどうだったの？」

「もちろん勝ちましたよ」

「エトワさまのおかげです」

「ごめんねぇ、応援に行くの間に合わなくて……」

パイシェン先輩たちにも勝利の報告を、なんてやってたら遅くなってしまった。

プルーナさんなんかは見に来てくれていたらしい。『エトワさんにあんなすごい技術があったなんて。かっこよかったですよ』って褒めてくれた。

それで競技場に戻ってきたら、もうクリュートくんたちの次の試合だったのだ。

「エトワさまの応援してくださる気持ちは届いていましたよ」

スリゼルくんは笑顔でそう言ってくれる。

そうだといいんだけどねぇ～。

いつも通り学校の玄関でソフィアちゃんたちと別れ、ブロンズクラスの教室に向かってると、廊下の向こうからちょっと見覚えのある人たちが歩いてきてた。

対戦した水の派閥《はばつ》のチームの人だ。

とりあえず会釈《えしゃく》しとこうと頭を下げたら、するっと鞘《さや》から剣が落ちた。

危ない！　国宝が！

床に落ちたら大変と、私は咄嗟《とっさ》に剣をキャッチする。

それから顔を上げると、真っ青な顔になった水の派閥《はばつ》の人たちが、Uターンして廊下を戻っていった。

いやいや！　誤解だよ！　斬らないよ！

そんな危ない人間じゃないよ！


歴史の授業中、そういえばと私は天輝さんに質問する。

（やたらと剣の振りが軽かったんだけど、天輝さん何か細工しなかった？）

素振《すぶ》りしかしたことなかったから、どの程度、剣を振れるかわかってなかったけど、初めて居合い抜きしたら、やたらとうまくいってしまったのだ。

倒せたのは風不断《フーチェイ》の力があってこそだけど、あんなにイメージ通りに倒せるとは思ってなかった。せいぜい一人か二人、倒せればいいかなって思ってたのだ。

『バカなことを言うな。あれはお前の実力だ』

（ええ!!　本当に!?）

驚く私に、天輝さんの呆れる気配が伝わってきた。

『今までどれだけの敵を倒したと思っている。お前のレベルはその分だけ上昇している。もちろん、上昇するステータスのほとんどは、封印した力に吸収されている。だが、普段のお前のステータスも微々《びび》たるものだが上昇中だ。とはいっても、未だに普通の子供クラスだから油断はするな』

確かに小さいころに比べて、健康になった気がする。病気もしなくなった。

成長して健康になったのかと思ってたら、レベルが上がっていたのか～。

（あれ、でも普通の子供クラスなら、やっぱりあの剣の振りはできすぎじゃないですかね？）

『それはお前が剣の天才だからだ』

（ええっ！　天才⁉）

私の人生で他の人から言われることはないだろうランキング、ベスト5に入る言葉がいきなり出てきてちょっとびっくりしてしまった。

ちなみに堂々の第一位は『君、大和撫子《やまとなでしこ》だね』だ。

全然前世ですら言われたことがなかったのに、この世界に来てしまったからには絶望的だ。

……今度、子供たちにお小遣いあげて呼んでもらおうかな？

『お前のスキルは剣を介したものばかりだからな。神も剣の才能を与えることにしたんだ。才能はスキルとはまた違うもので、類するものがほとんどないその力を制御するには必要なものだ』

知らなかった……

力を解放せずに、剣で戦おうとしたことなんてなかったし。

（ちなみにどれくらいすごい才能なんですか？）

『まあこの世界で三本の指に入る程度はあるな』

（そんなに!?）

どうやら剣の天才に生まれてしまったようだ。

九歳になるまでまったく気づきませんでした。

（それってもしかして剣の道場なんかやったら生計立てていける？）

『逆になぜできないと思う。それだけの才能があって』

ううっ……だって、まったく知らなかったし。

ちっとも気づかなかったし。

今も全然、実感湧かないし。

なんかここまで自覚のない力が眠っているのは、ちょっと自分が自分じゃないみたいで怖いかもしれない。くっ、静まれ、私の才能……！

でもあのとき、自分の思い描いた軌道と寸分たがわず剣を振れたのは、やっぱり天輝さんの言う通り、神さまからもらった才能のおかげなんだろうねぇ。

『剣で生計を立てていくのか？』

（いや～今はガイダーの勉強が楽しいからいいや～。剣は護身用程度でいいかなー）

冒険者としてパーティー組むなら、リリーシィちゃんが戦士をやってくれるはずだしね。


そんなこんなでアンデューラの試合への参加は続いている。

でも、さすがにあんな華々しい活躍《かつやく》をさせてもらえるほど甘くはない。

次の試合は、出会いがしらに集中砲火が私に向かってきた。

「ぬわーっ!!」

当然、何もできずに退場。

その次の試合は、一人だけチームから離れて横から奇襲したんだけど、どうにもすでに警戒されてたらしくて、相手の一人が気づいて魔法を撃ってきた。

「なっ、避けた⁉」

一発目は心眼で角度なんかを予測して避けて、間合いに入ってから斬りつけた。

これで一人は倒せたんだけど、そのあとの三人の魔法が全部こっちに向いていた。

「ぶぺらっ‼」

もちろん退場。

次の次の試合は、警戒要員が二人に増えていて、さすがに魔法二つを避けるのは無理！

っと思ったけど。

それでもなんとかがんばって、即死はまぬがれるようなダメージの受け方で、距離を詰めて一人の足を斬ったけど、そこでぱたりと倒れた。

「止まるんじゃねっ……」

退場。

そんな風に、偉そうなこと言った割には、とっても微妙な貢献《こうけん》具合で申し訳ない気持ちだったけど、サルデンさんたちからの評価はむしろ上々だった。

「相手がかなりエトワさまを警戒してくれてるので、こちらとしてはその隙を狙えてやりやすくなりましたよ」

「そうだな、三人で戦ったときとは違って、相手もかなりプレッシャーを感じてるみたいだ」

「この調子ならなんとかなりますね！」

そうは言ってもやっぱり微妙な感じでサルデンさんたちには申し訳なくなる。

ただ、どうにも魔法を使えない相手に倒されるというのが、貴族の子たちにとっては嫌なことらしく、かなり集中して狙われてるのは事実だった。

サルデンさんたちは、私が狙われる隙に乗じて攻撃を加え、相手を落としてくれるから、私がいなくなってからも互角に戦っている。

初戦こそ一方的にやられてしまったサルデンさんたちだけど、もともと優秀なチームであり、全員がこのリーグでは平均以上の実力だ。互角になったあとは、負けることももちろんあるけど、おおむね勝利に導いてくれている。

そういうわけでチームの成績は中堅と、そこそこいい感じだった。

ほとんどサルデンさんたちの力によるものだけどね。

私ももっと活躍《かつやく》したいと思い、三階ぐらいの建物から飛び降りて奇襲してみた。

落下しながら二人の首を斬った。

やった！　と思って着地して次の相手にかかろうとしたら、両足を骨折していました。

仮実体なので痛みは十分の一ぐらいになってるらしいけど、さすがに両足骨折じゃ動けない。

それでも二人倒せて、この作戦はかなりいいかなって思ってたけど、次の試合は高い建物が警戒されるようになってダメだった。

戦う場所も私が近づきにくい、道幅の広い場所を選ぶチームが増えて、どうにかしなきゃって思い始めていた。

——その中で比較的安定するようになったのが、

「これだけ距離があれば、怖くないぞ！」

そう言って魔法を撃ってこようとする相手との試合。

一回目はそこそこ避けられる。二回目は厳しい。距離が離れているから、斬りつけるのも難しそう。

仕方ないので、えいっと私は国宝を投げた。

確かに国宝を投げるのは問題がある。でも、これは国宝じゃなく魔法で再現されたレプリカなのである！　そんなことを自分の心に言い聞かせて投げた風不断《フーチェイ》は、魔法を撃とうとしていた相手の体にさっくりと刺さった。

うーん、ちょっと、ぐろい！

禁断の国宝投擲《とうてき》。この作戦、そこそこの確率で一人倒せるのはいいんだけど、武器を投げちゃったので、そのあとは何も持ってない私が残る。これじゃ何もできない！

あとは万歳をして相手の魔法を受けてやられるだけだ。

私一人で一殺と考えると、十分な成果なのだけど、外したときはサルデンさんたちにかかる負担が大きいし、なんか申し訳ない。

なので、できるだけ外さないように投擲《とうてき》の練習もすることにした。

そんなこんなで、微妙に活躍《かつやく》したりしなかったり、サルデンさんたちに助けられながら、この一ヶ月なんとかやってると私は思ってたんだけど、周りの評価はちょっと違ったみたいだった。


午前中、歴史のあるマジックアイテムについて勉強する授業があった。

歴史の授業の一環なんだけど、本物の国宝級と呼べるアイテムばかりが紹介され、その豪華ラインナップには風不断《フーチエイ》さんすら入ることができていなかった。

でも、うちの家が所蔵する家宝も出てきていた。

「透明の布《アヴィジーバ》かぁ……」

一見、何の変哲《へんてつ》もない黒いマントなんだけど、これを身につけてその力を発動させると、百五十秒間、姿が周りから見えなくなってしまうらしい。

つまり、透明マントである。

完全な不可視の魔法というのは、今もなお実現されていない高度な魔法で、光魔法が使えるソフィアちゃんでも無理らしい。じっと動かなければとか、ちょっとは見えてもいいとか、条件付きならできるらしいけど。

その魔法がなんと透明の布《アヴィジーバ》には付与されてるのである。

それは国宝級にもなるよなぁって感じだ。今はうちの公爵家が所有しているらしい。

まあ、こういうマジックアイテムは本家で大切に保管されてるから、私がお目にかかることは一生ないだろうなぁ。


……っと思ってたものが、帰ってきたら目の前に置かれてました。

お父さまがまたルヴェンドの別邸にやってきたから、何事かと思ったら呼び出されて。

執務室に入ったら、朝の授業のときに資料で見た覚えのあるものが机に無造作に置かれてた。

お父さまが無表情で言う。

「お前のアンデューラでの活躍《かつやく》を聞き、長老会でもう少し強いマジックアイテムを渡してもいいのではという意見が増えてきた。そこでこのアイテムの使用許可を求めたところ、許可が下りた。次の試合から使うといい」

「これって……」

私が尋ねると、お父さまはあっさり答えた。

「透明の布《アヴィジーバ》だ。このマントをつけて『アムズ』と唱えれば、百五十秒間、完全に姿が消え去る」

ですよねー!!

歴史の教科書に載ってるマジックアイテムが出てきたよ!

「あまり大した力をもったマジックアイテムではないが、剣で戦うお前の戦法であれば、距離を詰めるのに役立つはずだ」

そりゃ、不可視化なんて気にせず、相手ごと周りを吹き飛ばしてしまえばいいシルフィール家の方に言わせれば、大したマジックアイテムでもないでしょうけどね!

一般人から見れば反則級の力をもってると思います!

私がなかなか手に取ろうとしないでいると、お父さま専属の侍女さんが近づいてきて、マントを私に着せてきた。

「お似合いですよ」

侍女さんはそう微笑み、元の位置に戻っていく。

歴史の教科書に載るマジックアイテムが今、私の肩に乗っかっている。

背中の汗は大丈夫だろうか。

もし万が一、汗が染み込んだのなら、私の汗が、世界レベルのお宝と共にこの先、数千年引き継がれていくのである……

体の震えが止まらない……

＊　＊　＊

娘が去ったあとクロスウェル専属の侍女は、主《あるじ》の雰囲気が、いつもとちょっと違うことに気づいた。

南の国境でバカな貴族が起こしてしまった小競《こぜ》り合いを治めたあと、東に出現した魔物たちの群れを倒し、シルフィール家の会議に出席してから、ルヴェンドまでやってくるという強行軍。

お疲れだろうとお茶を出したのだが、むしろ上機嫌な気さえする。

長年、お仕えしてきた侍女には、無表情と言われるこのシルフィール家の当主の感情が少しだけわかるようになっていた。

「嬉しそうでございますね」

そう問いかけると、なんとクロスウェルはふっと微笑んだ。

もちろん、感情を表に出さない性格だから、組んだ両手で隠れるぐらいの笑みだったけれど、横から見ていた侍女はほんの一瞬ながら確かに目撃した。

(クロスウェルさまが笑った⁉)

クロスウェルが感情を表に出すのは、専属の侍女から見てもとても珍しかった。

昔は恋人であり現在は妻であるダリアの前では、笑ったりもしていたそうなのだが。

「エトワにどうやら剣の才能があったようでな……」

述べた言葉はそれだけだった。でもその響きはどこか自慢げだった。

(もしかしてこれは娘自慢では……)

親子の状況が特殊な上に、クロスウェル自体も複雑な立場なので、一般的な子供自慢とは違いすぎるし、たぶんやった当人も無意識なのだろうが、侍女は確かにその姿を目撃したのだった。

＊　＊　＊

エトワがアンデューラに出場する日。

対戦相手の少年は、競技場に入っていく人たちを見つめ、眉をひそめた。

「今日はやたら人が多いな」

16〔シズ〕の試合を見る生徒なんてめったにいない。見学席はガラガラなのが常だった。それが今日は普通に人がいるのだ。そのことに少し驚く。

すると、チームメイトの少女が言った。

「ほら、相手があの失格の子が入ったチームだからよ」

「ああ、そうか」

学校の噂《うわさ》には疎《うと》い少年だが、それでも小耳に挟んだことはあった。

魔法も使えない生徒が、剣を持ってアンデューラに参加しているという。

しかも、生徒のうち数人はその少女によって倒されてしまったらしい。さらに、その少女はもともと貴族の子供たちの間では有名な子だった。

あのシルフィール公爵家に生まれてきたのに魔力をもたず、嫡子《ちゃくし》としての資格を取り消された失格の子。

貴族の子たちとしては怖いのだ。

自分たちとは異なる力で、自分たちに対抗できる存在が現れるかもしれないことが。

だから、16〔シズ〕の生徒相手の試合とはいえ、その力を確認しようと見学に来る生徒がぽつぽついた。ただその感覚も個人差がある。

「あくまでルヴェンド博物館に所蔵されていた風不断《フーチェイ》があってこそだろ」

普通の武器なら、物理障壁《しょうへき》で防げばいいのだ。どんなに剣の腕があっても恐れる必要はない。

「それでも同じリーグで戦う私たちには十分な脅威よ」

少女のほうはどっちかというと怖がっている派のようだった。

そんなやり取りをしているうちに、残りのメンバーがやってくる。

「よし！　今日の試合もがんばろう！」

上級生のチームリーダーにそう言われて、少年も少女も歩いていく。

アンデューラの控え室に入って、リーダーがみんなの前で話す。

「今日の相手は、あの失格の子がいるチームだ。みんなも噂《うわさ》ぐらいは聞いてるだろう」

「はい」

このチームでは基本的に作戦を立てるのはリーダーだった。少年たちはそれに従って動く。

それでも現在はリーグ三位、なかなかに優秀なチームだ。

「風不断《フーチェイ》は確かに脅威だね。それに剣でやられるのはちょっと貴族としては嫌だよね。プレッシャーがかかると思う」

その通りだ。

剣でやられるというのは、魔法でやられるのよりも、貴族としては精神的にくる。魔法ならやられても、力の差と納得できる。けど、剣は違う。

それは自分たちの仲間ではない、異質な存在からの攻撃なのである。

みんな自分が剣でやられる場面を想像して、表情を硬くした。

そんなチームメイトを安心させるように、リーダーは微笑む。

「でも、あえて言うけど、恐れることはないよ」

「そうでしょうか……」

少女が不安にかられた表情でリーダーに尋ねる。それにリーダーはくすりと笑う。

「実はあえてと言ったのは、もっと他に警戒するべきものがあるからなんだ」

リーダーはチームメイトたちに言葉の意図を説明する。

「よく考えてほしい。風不断《フーチェイ》は確かに脅威だけど、ちゃんと警戒すればやられるのは最悪一人で済む。それは今までの試合結果でも証明されてるし、僕たちの感覚的にもわかることだろう？」

確かに相手チームの過去の試合データを見返したところ、二人以上やられたケースは、そのチームにどこか油断があった場合が多い。

最初に当たった水の派閥《はばつ》チームは論外だし、建物からの奇襲で二人やられたチームは頭上への警戒を怠《おこた》っていた。

対策が進んでいくと例の少女は一人も倒せず落ちることが増え、そのあとは投擲《とうてき》なんかをして、とにかく一人倒すのに専念している。

「そう、失格の子の風不断《フーチェイ》で僕たちのうち一人が倒されても、実はまだ互角なんだ。その時点で、失格の子はやられてるか、剣を失っている。僕たちは三人が残って、相手もまともに戦えるのは三人だけ。これならいくらでも戦える。なのに多くのチームが負けてしまってるのは、例のチームの残り三人が、失格の子が相手を動揺させた隙を突き、さらに一人か二人落としているからだよ。つまり警戒すべきは、魔法を使える三人のほうなんだ。考えてみれば普通のことだよね」

リーダーの説明に、少年も少女も、残りの一人もなるほどと頷《うなず》く。

言ってしまえば、当たり前の結論だった。

いくらすごい剣を持っていても、所詮は魔法の使えない人間なのだ。対策のしようはある。

遠距離からなら単純に魔法で倒せる。近づかれても相打ち覚悟で魔法を当てればいい。一発当ててしまえば、もう相手はアウトだ。

魔法使いじゃない、なのに自分たちを倒せる。そのせいで、まだ戦い慣れていない貴族の子供たちは脅威を大きく見積もりすぎてしまう。

その動揺こそが一番の敵であるというのが、リーダーの少年の結論だった。

「情報をまとめよう。失格の子には、普通に一人はやられていい。その代わり、やられる隙に、確実に戦闘不能にすること。投擲《とうてき》で剣を手放したら、あとは無視してもいい。僕たちがやるべきことは、その隙に攻撃してくる三人にしっかりと対応すること。そうすれば三対三で落ち着いて戦える」

リーダーの考えに基づいて役割分担が決まった。

チームの男の子三人が防御担当。女の子一人が攻撃担当だ。

攻撃担当の女の子は、失格の子の動きが止まった隙を見て、魔法を当て確実に倒す。どんな凄腕でも、攻撃の瞬間は動きが止まる。そこを仕留めればいい。

防御担当の三人は、相手チームの魔法から、生き残ったメンバーを守るのが役目だ。三人のうち誰かがやられるだろうから、残り二人で障壁《しょうへき》を張り、相手チームの魔法が致命傷になるのを防ぐ。防御重視の作戦で、失格の子が落ちたあともイーブンに持ち込む。

必然的にチームの陣形は、攻撃担当の少女を守るように、少年三人で囲む形になった。少女がやられると予定が崩れてしまうから。

そうして自信をもって試合に挑めるとなったころ、教師から間もなく開始だと告げられた。


魔法陣に入って数分後、少年たちはアンデューラのフィールドに出現した。

少しの間、意識が途切れ、気づくと周りの景色が変わっている。この感覚にはあまり慣れない。

フィールドは町を再現したステージだけれど、建物はまばらだった。

剣を使える相手がいるのだ。遮蔽物《しゃへいぶつ》が少ないステージがいい。

フィールドの選択権はこちらにあった。基本的にランキングが上のチームが、どんなフィールドにするか選ぶことができる。平等性よりも上位にいる者を重んじる貴族らしい仕組みだった。

おかげでスタート地点から相手の姿を視認できる。

対策は完璧だ。勝つ自信はあった。チームのみんなが少し笑みを浮かべる。

だが、少年たちのチームは次の瞬間、大きな違和感に気づいた。

相手チームの中央に立つ、小柄な少女。

金色の髪に特徴的な糸目《いとめ》、さらに額に浮かぶ噂《うわさ》通りの失格の印。有名な失格の子だが、その立ち姿に違和感を覚える。

腰に携《たずさ》えるのはこれまた噂《うわさ》通りの、青い鞘《さや》の風不断《フーチェイ》。アンデューラ用の競技服を仕立てていないのか、学校の制服を着ていた。そこまでは情報通り。

しかし、その背中では黒いマントが風に揺れている。

あんなもの以前の試合ではつけていなかった。アンデューラでは試合の映像も記録され、見ることができるけれど、いつもは普通の制服姿で戦っていた。マントの情報なんてない。

あれはなんだ。

そう思った瞬間、失格の子が呟《つぶや》いた。

『アムズ』

その瞬間、失格の子の姿が周囲の景色に消え始める。

「不可視化の魔法!?」

「ま、まさか……透明の布《アヴィジーバ》!?」

それはシルフィール家が所蔵する家宝中の家宝だった。

高名な製作系統の魔法使いたちがいくら挑んでも再現できなかった、完全不可視化の魔法が使える恐るべきマジックアイテム。上位貴族にとってはどうか知らないが、下位貴族には十分な脅威である。

まさかそんなものを持ち出してくるなんて……

動揺している間に、失格の子の姿は完全に消えていた。

教科書に書かれていたその効果を、少年たちは頭の中で反芻《はんすう》する。

百五十秒の不可視化。対象が動いていても、どんな角度から見ても、こちらから見ることはできない。

魔法が解けたあとは、再使用まで五日ほど時間がかかる。つまり試合中に不可視化できるのは一度だけ。

不可視化の魔法が発動している最中は誰かを攻撃することはできない。どういう原理で判定されているのかは知らないが、攻撃を仕掛けた場合、その瞬間に魔法が解けることが確認されている。

つまり、次に現れるときは、攻撃をしてくるときだということだ。

「どこにいるかわかるか!?」

「そんなのわかんないよ‼」

少年の言葉に、少女が悲鳴のように答える。

失格の子の姿は見えない。でも、確かにどこかにいるのだ。このフィールドのどこかに。

すでに間近まで来ていて、今まさに自分たちに斬りかかろうとしているかもしれない。

チーム全員の額に汗が流れた。

みんなが周囲を警戒する。

対戦前に立てた作戦はすでに破綻《はたん》していた。

「ど、どうします⁉　リーダー！」

「とにかく、なんとか攻撃の前兆を掴《つか》むんだっ！」

どこから来るかわからない攻撃が、全員の心に恐怖を与えていた。

がたんっと音がする。

全員がそっちの方向を向く。

それは風で立て看板が倒れる音だった。

彼らは怠《おこた》っていた。当初話していた三人の魔法使いへの警戒を。それでもサルデンたちが近づいてくれば作戦を思い出し、彼らへも注意を向けたかもしれない。

しかし、サルデンたちはずっと攻撃魔法が届かない位置にいた。

だから警戒しなかった。

射程外だったのはあくまで攻撃魔法の話で、立て看板を倒す風ぐらいは起こせたにもかかわらず。

それがエトワの立てた物音かと思って、全員の意識が向いた瞬間。

背後に黒いマントを纏《まと》ったエトワが出現した。

右手で剣を抜き、まず少女の首を刺し貫《つらぬ》く。

「え……？」

少女は自分の首に刺さった風不断《フーチェイ》を呆然と見て、退場することになった。

陽動に引っかかっていた少年たちの反応は致命的に遅れる。

しかも、事前に立てていた作戦のせいで、密集隊形でいたことが裏目に出た。

反応する前にもう一人がやられる。流れるような横振りで首を刈られた。

残った少年は慌てて、使える魔法を放った。

一発当たれば倒せるはずだった。たとえ自分たちにとっては不完全な状態での魔法でも。相手の防御力は紙同然だった。しかし、それもミスだった。

自分たちに比べたら身体能力は劣るけれど、失格の子はアンデューラの試合の中で魔法を一発なら確実に避けてきたのだ。攻撃した瞬間の、動きが止まった状態を狙わないと倒しきれない。

動揺した少年は見事にその罠《わな》にかかった。

放たれた魔法の横をすれすれで抜け、エトワは少年に接近し、それだけはやたらと速い剣速で袈裟《けさ》切りに斬って捨てた。

しかし、エトワが少年を斬り捨てたのと同時に、リーダーの少年がそこに魔法を放っていた。

その攻撃でエトワの体は吹き飛ばされる。

壁に叩きつけられ、お腹に穴が空く。致命傷だ。

さすがはリーダーというべきか。攻撃時の動きが止まったところへ、的確に攻撃をし、エトワをほぼ仕留めた状態にした。しかし、そこまでだった。

きっちり距離を詰めたサルデンたちが、その体に向けて魔法を放つ。

咄嗟《とっさ》に魔法障壁《しょうへき》を張るが、タイミングの揃《そろ》った三つの連撃を受けきれず、致命傷を受ける。

そのままリーダーも退場となった。

『サルデンチームの勝利です』

アンデューラの会場に勝利のアナウンスが響いた。

マジックアイテムの力を借りているとはいえ、ほぼ一人で三人を倒すという、初戦に次ぐ圧倒的な結果。そして歴史的な知名度を誇るマジックアイテムの登場。

その勝利に、試合を見ていた者たちのざわめきはしばらく治まらなかった。

第五章　入れ替え戦

アンデューラに参加することになってから、二ヶ月と半月が経とうとしてる。

もうリーグ戦の試合はだいぶ終わって、順位が決まりかけている時期だ。

現在、私たちのチームは二位と僅差《きんさ》の三位。このあとの試合でも四位に転落する可能性はなく、入れ替え戦に出場することが確定していた。

そんなときに、シーシェさまから呼び出しを受けた。

今度は一人で高等部の桜貴会に向かうと、いつも通りソファでだらけてるシーシェさまがいた。

「いらっしゃい、エトワちゃん。パフェでも食べる？」

「いえ、お構いなく」

そう断ったけど、お茶と同時に問答無用でパフェが出てきた。

クリームとチョコに焼き菓子がのった美味《おい》しそうなやつだ。

これを作ったクレノ先輩は、優雅な仕草で紅茶をサーブすると、「ごゆっくり」と言って去っていく。もう完全にウェイター気取りである。

ここに店でも開く気だろうか……

「それでエトワちゃんからお願いされてたニンフィーユ家の説得だけど、なんとかなりそうよ。もうちょっとしたらルース殿下の誕生会があるのよ。このイベントには水の派《は》閥《ばつ》の面子《メンツ》を考えて出席してほしいって、ペルシェン侯爵からしばらくぶりに連絡があったわ」

ルース殿下はこの国の第二王子だ。ゼル殿下と同じくアルセルさまのお兄さまである。あとアルセルさまにはお姉さまが一人いるらしい。

なんかシーシェさまの話からも、ニンフィーユ家のほうから折れた感が伝わってくる。

「お母さまはその日は予定があるって断ったけど、私は出ることにしたわ。代わりに、ペルシェン侯爵にはパイシェンちゃんのお婆さまを説得してもらうつもり。さすがに当主が表立って反対に回れば、家としても矛《ほこ》を収めるでしょう」

もともと自分たちがサボって怒らせたのに、この期《ご》に及んでサボり、出席するとなれば、逆に要求を突きつける。ウンディーネ家、強すぎる……

でも、おかげで私は助けられてる。

試合を共にしてサルデンさんたちとも仲良くなってきたけど、やっぱり元のチームでがんばれるようになってほしい。サルデンさんたちもそれを望んでると思う。

ほっとしてると、シーシェさまがにんまりとした顔で私を見つめていた。

「な、なんでしょうか……」

美女のにんまり顔なんて珍しいものを見せられ、私は戸惑いながら返す。

するとシーシェさまは気だるげな仕草で顔に手を当て、いやいやといった感じに首を振った。

「王家の行事はめんどくさいのよねぇ。参加するにはそれなりのモチベーションが欲しいわ」

「モ、モチベーションですか……？」

モチベーションをお餅ですかなんちゃって！

『…………』

はい……

私がシーシェさまの意図がわからず戸惑っているのを見ると、件《くだん》の御方《おんかた》は男の子が見たら百発百中恋をしてしまうような蠱惑的《こわくてき》な笑みを浮かべ、なんと私におねだりしてきた。

「だからお願いが叶ったら、エトワちゃんからのご褒美《ほうび》が欲しいな～」

「ご褒美《ほうび》って言われましても、シーシェさまが喜ぶものなんて私には用意できないかと……」

ウンディーネ家といったら超お金持ちだ。それはシルフィール家も同じだけど、私は嫡子《ちゃくし》ではなく何の権利もないので、お金に困ったことはないけどお金持ちでもないといった感じだ。

シーシェさまを喜ばせるご褒美《ほうび》なんて、用意できそうもない。

「そんなことないわ。エトワちゃんならできるもの。ニンフィーユ家の説得が終わったらお願いね」

どうやら、もうご褒美《ほうび》を何にするのかは決まってるようだった。

しかも、教えてくれない……。

なんだかとっても怖いぞぉー！

でも、ニンフィーユ家との諍《いさか》いを穏便《おんびん》に終わらせるためには、シーシェさまの力を借りるしかない。心配してくれたパイシェン先輩のためにも、がんばるサルデンさんたちのためにも。

「わ、わかりました……私にできることがあるなら全力でがんばります！」

私は冷や汗を垂らしながら、シーシェさまのご褒美《ほうび》を引き受けることになった。

お昼のあとはサルデンさんたちとの作戦会議。

私は早速、嬉しいニュースを報告した。

シーシェさまの助力で、私の周りの問題が解決できそうなことをサルデンさんたちに告げる。

「というわけで、もうすぐ元のチームに戻って試合できることになると思います！」

この報告でみんな喜んでくれると思ったんだけど、予想に反して反応は微妙だった。

サルデンさんには、ちょっと驚いた顔をされて。

「そんなことをしてくれていたのか。ウンディーネ家のご息女さまにまで連絡を取って……」

「そういえばニンフィーユ家の物言いがなければ、エトワさまは僕たちのチームに参加する必要はないんでしたね……」

ゾイさんがちょっと寂しそうに言った。

「で、でもボニーさんとまたチームを組めますよ！」

その言葉で何かを察したかのように、カリギュさんが舌打ちする。

「ちっ、あれ聞いてやがったのか……」

そういえば初めて会ったとき、盗み聞きしてしまったこと言ってなかったっけ。

「嬉しくないんですか……？」

てっきり喜んでくれると思ってたのに、三人の反応にちょっとしょんぼりとなる。

「ボニーとまたチームを組めるようになるのは嬉しいよ。でも、エトワさまが抜けるのは……こんなこと言うのは気恥ずかしいけど寂しいな……」

サルデンさんは私が抜けることに、そう言ってくれた。

二ヶ月ちょっとの間、一緒にがんばってきたんだもん。そう言ってもらえると嬉しい。

ゾイさんも寂しそうに言う。

「補欠でもチームに残る気はないですか……？」

アンデューラは戦いに出れる人数は四人だけど、もう一人、予備の人員をチームに置ける。

それなら私も残れるけど――

「ごめんなさい、やっぱりこれだけマジックアイテムで補助されて戦ってるのは不自然なことだと思いますし、いずれ対策されてチームの足を引っ張ることになるかもしれません。それはチームにも周りにもあんまりいいことじゃないと思うから、参加するのは今回限りにしたいかなと思ってます」

今は風不断《フーチェイ》と透明の布《アヴィジーバ》のおかげで戦えてるけど、いつまでこの状況が続くかはわからない。

あんまりやりすぎると、不平不満が出てくるだろう。ルール上はマジックアイテムの持ち込みが二つまで許可されているけど、それをやってるのは私以外にはいない。

貴族同士でも経済格差があるから、それで勝負がつかないように控えているのだ。

私がそれを破っても批判されないのは、もともと魔法が使えない弱者だからだろう。

でも、この状態が続けば、他にもマジックアイテムを勝負に持ち込む人が出てくるかもしれない。

それは貴族の子たちの実戦力を鍛えるためという、アンデューラの趣旨を捻《ね》じ曲げてしまう。

「そうですか……」

私の言葉に、ゾイさんはため息を吐《つ》いてそう言った。

「せめて入れ替え戦までは出ろよな」

カリギュさんはそう言ってくれた。

「ええ？　でも、ボニーさんと一緒に出たほうが……」

透明の布《アヴィジーバ》のおかげで、安定して戦えるようにはなったけど、華々しい活躍《かつやく》ができたのは、やっぱり最初のお披露目のときだけ。手の内がバレてからは、うまくいって二人、普通は一人を倒すのが精一杯になった。

それならボニーさんを戻したほうが、堅実に戦えるのではと思う。

私の言葉に、カリギュさんはちょっと怒ったように言った。

「この二ヶ月を戦って入れ替え戦の権利を手に入れたのは、お前がいるチームだ。最後まできっちり戦えよ。入れ替え戦だけ戻ってきて、昇格の権利を手に入れるなんてボニーも望まねぇよ！」

「そうですよ、入れ替え戦ぐらいまでは一緒に戦ってくれますよね、エトワさま」

ゾイさんも微笑んでそう言ってくれた。

最初は決して歓迎された仲じゃなかったけど、この二ヶ月、一緒に戦って、私のことを仲間として認めてくれたのだ。なんだかちょっとじんときた。

サルデンさんのほうを見ると、サルデンさんも私に微笑んで頷《うなず》く。

「エトワさまのいるサルデンチームの総決算です。最後までよろしくお願いします」

「こちらこそよろしくお願いします！」

アンデューラに参加するってなったときは、こんなことになるとは思わなかったけど、でも参加できてよかったかなって思えた。

それから私たちは残りの試合を片付け、入れ替え戦には16〔シズ〕の二位という成績で挑むことになった。

入れ替え戦の枠は三つ。私たちが戦うのは15〔クインズェ〕リーグの下から二番目のチーム。そして15〔クインズェ〕の最終順位は、今日の試合で決まる。

私はスリゼルくんとクリュートくんの応援も兼ねて試合を見に来た。

スリゼルくんチームは1〔ユーヌ〕で現在二位の成績だ。ほとんど無敗なんだけど、ソフィアちゃんたちのチームにだけは負けてしまっている。

スリゼルくんたちはその日の試合も圧勝し、無事に1〔ユーヌ〕二位の成績を守りきった。

すごいけど本人たちはちょっと不満そうだった。でも、ソフィアちゃんチームのほうが侯爵家の子が一人多いわけだし、これで評価に差がつくことはまったくないと思う。

その後、15〔クインズェ〕の試合が始まった。

奇《く》しくも下から三番目のチームと下から二番目のチームの戦い。

たぶんこのどちらかと戦うことになるだろう。サルデンさんたちも見に来ていて、一緒に観戦することになった。

そして試合が始まった途端、驚きの光景を見ることになった。

「ええっ⁉」

下から三番目、つまり上位のチームが、無抵抗にやられ始めたのだ。

何もせず、相手からの魔法を受けていく。

ゾイさんがそれを見て苦々しい顔で言った。

「あいつら水の派閥《はばつ》の人間たちです。こんなことをする意図は明白ですね……」

「最後の嫌がらせってやつか」

「あのチーム、去年はリーグ三位でした。メンバーも変わってない。実力は15〔クインズエ〕の上位ですよ」

それなのに、わざと負けて私たちと戦おうとしているらしい。

あわわ、最後まで私のせいでごめんなさい……

「まあ精一杯やろうぜ。透明の布《アヴィジーバ》をつけたお前なら一泡吹かせるぐらいはできるはずさ」

「初戦のような嫌がらせはさせません。お互い正面から戦うだけですよ」

「ああ、望むところだ！」

私がへこんでると、サルデンさんたちが励ましてくれた。うん、がんばろう。

また決心して、私たちが帰る準備を始めると、次の試合が始まった。

次も15〔クインズェ〕の試合だった。けど最下位と一位の試合だ。

さっきみたいな組み合わせなら順位が変動する可能性もあったけど、今回は実力に差がありすぎる。しかも一位のチームは全勝中らしい。これでは結果は見えてる。

私たちはこの試合は見ずに席を立った。

しかし――

『ザルドチームの勝利です！』

そのアナウンスに場内がざわめく。

雑談しながら外に出ようとしていた私たちも、思わず振り返って目を向けた。

「一位のチームが負けた⁉」

魔法で投影されたスクリーンみたいな映像に、15〔クインズェ〕の最終順位が表示されていた。上位のチームに変動はなかったけど、下位のほうに変化があった。

前の試合で下から二番目になった水の派閥《はばつ》のチームが一番下に落とされる。そして最下位だったチームが一つ上がってくる。

試合相手が変わってしまった。

私たちの相手はザルドチームと呼ばれてたチームだ。

「お、おい、何があったんだ。一位のチームが負けるなんて……」

「……どんな相手だろうと、俺たちは全力で戦うだけだ」

「そ、そうですよね」

ちょっと戸惑いつつも、私たちはそう言って頷《うなず》き合った。


そのあと、サルデンさんたちからごはんに誘われたけど、パイシェン先輩に会うことになってたので断って、私は小等部の校舎に向かう。

パイシェン先輩にも私のせいで心配をかけたし、あらためてお礼を言わないといけない。

応援に来てくれるかなって思ったけど、それは精神的な負担が大きくて無理だったらしい。スポーツ観戦苦手な人いるよね。選手に感情移入しすぎるんだとか。

意外と神経が細いところがあるパイシェン先輩だった。

校舎の角を曲がると、いきなり誰かとぶつかった。

「あいだーっ！」

体格は同じくらいだったけど、相手の勢いのほうが強くて、私は地面に尻もちをつく。

これはどこかで見たパターン。パンをくわえておくべきだったろうか。

「だ、大丈夫ですか!?　ご、ごめんなさい……」

「いえいえ、大丈夫ですよ。こちらこそ、不注意ですみません」

一瞬、ふざけかけた私だけど、相手の怯《おび》えたような声に、すちゃっと立ち上がって手を振った。

相手に視線を向けると、私と同い年くらいの少年が、怯《おび》えて泣きそうな顔でこちらを見ていた。

白いふわっとした髪が特徴の、気弱そうな少年だ。草食動物みたいな感じがする。

そこまで申し訳なさそうにしなくてもって表情で、こちらを窺《うかが》っていた少年だけど、私の額に目を向けると、表情が変わる。

「あ、あなた、もしかしてエトワさまですか……？」

「は、はい。そうですけど」

頷《うなず》くと、少年はちょっとだけ安心した表情になった。

「クレノ先輩から聞いています。貴族生まれだけど優しくて面白い人だって。あ、でもぶつかってしまったのは本当にごめんなさい」

ちょっと、クレノ先輩。優しいはともかく、面白いってなんですか。

人を面白いっておかしくない？

おかしいよね。

「いえ、ぶつかったのはお互いさまですよ。それよりクレノ先輩のお知り合いってことは」

「あ、はい、僕は平民の生徒です。あの……カシミアっていいます」

どうやら平民出身の子だったらしい。

容姿は貴族の子たちと比べてもなんら遜色《そんしょく》ないいんだけど。まあクレノ先輩もかなりのイケメンだしね。魔力が強いと美形に生まれやすいのだろうか。

カシミアくんは胸に手を当てた可愛い仕草で微笑んで言う。

「クレノ先輩は僕の憧《あこが》れの人です。強くて賢くて、将来は絶対すごい魔法使いになる人だと思います」

そのすごい人は現在、ウェイターの真似事に夢中になり、高等部の桜貴会の一室に調理場を作り、パフェやお菓子、パスタなんかを量産してると聞いたら、この子はどう思うんだろうか。

「クレノ先輩のこと尊敬してるんですね」

この事実は私の心の中にしまっておこう。そう思い、生暖かい笑みを浮かべて話を流すと、カシミアくんは嬉しそうに「はい！」と頷《うなず》いた。

「ところで急いでたようだけど、大丈夫ですか？」

走ってたようだし。私がそう尋ねると、カシミアくんは「あっ」と体を強張《こわば》らせた。

どうしたのだろう、そう思ってたら彼を呼ぶ声が聞こえた。

「おーーい！　カシミア、どこにいやがる！」

ちょっと乱暴そうな声。

「あ、こちらにいます！　今すぐ行きます！　ザルドさま！」

ん？　ザルド。なんか聞き覚えがあるような。

「あぁ⁉　そっちにいるのかよ！」

そう思っていたら、校舎の向こうから上級生が現れた。

つんつんの赤い髪に、するどい三白眼《さんぱくがん》。肩をいからせて歩く、私たちより年上と思《おぼ》しき少年。後ろには、さらに三人の生徒を従えていた。

大きながっしりした体格の少年に、猫っぽい目つきの少女、それからおかっぱの中性的な少年。

あ、思い出した。

最下位だったのに、一位のチームに勝った人たちだ。

つまり、今度の入れ替え戦の対戦相手。

ザルドと呼ばれた少年も、私の姿を見て何かに気づいたようで、にやっと笑みを浮かべる。

「おうおう、なんだよお前。面白い相手と一緒にいるじゃねーか！」

「え、えっとエトワさまは……」

カシミアくんはちょっと怯《おび》えた顔で、それでも私のことを庇《かば》うように、私とザルドという少年の間に入る。

「知ってるぜ！　次の対戦相手だろ！　魔力もないくせにアンデューラに参加しやがったアホ野郎！　それがなかなか珍妙な戦い方をするらしいじゃねぇか」

ザルドという少年は私のことを知っていたらしい。

狂犬をイメージさせる笑みを浮かべながら、ポケットに手を入れたまま私を見下ろす。

それから私に対して舌を出すと、右手の親指を立てて、クイッと首を切る動作をした。

「でも、俺らがちゃんとぶっつぶしてやるから覚えとけよぉ」

うわぁ……ＤＱＮ。


週明け、サルデンさんに誘われて、早速入れ替え戦のための作戦会議をすることになった。

まずサルデンさんが、入れ替え戦について説明してくれる。

「入れ替え戦は今までと違い、同じチームと何回か戦うことになる。最大で三戦やって先に二勝したほうの勝ちだ」

なるほど、二本先取になるのか～。

「俺たちの相手はザルドチーム。火の派閥《はばつ》のエルビー伯爵家の嫡子《ちゃくし》、ザルドが代表を務めるチームだ。去年は一時期14〔トロンツェ〕にいたこともある実力のあるチームだが、今年に入ってなぜか調子を落として15〔クインズエ〕からの降格候補になってしまった」

サルデンさんはザルドチームの詳しいチーム構成について説明を始める。

「チームメンバーは五人。火の派閥《はばつ》の人間が二人に、水の派閥《はばつ》が一人、土の派閥《はばつ》が一人、平民が一人という典型的な混成チームだ。平民の子は今年からチームに入ったようだ」

「平民の新入りか、警戒が必要かもな」

「平民の子だと警戒対象なんですか？」

私はカリギュさんの言葉に首をかしげる。

一般的には、平民よりも貴族のほうが魔力が高い。ルーヴ・ロゼに入学できる平民の子は、確かに貴族に並ぶような才能をもっているけど、それでも互角かやや劣るぐらい。圧倒するほどの力はないはずだ。クレノ先輩なんて例外中の例外だ。

なのに貴族の子が明確に平民の子を警戒しろなんて口にするのは珍しい。

「エトワさまはそこらへんの事情には詳しくないんですよね。アンデューラの参加義務があるのは貴族だけなんです。といっても、ルールで決められてるわけではなく、参加しないと貴族社会で肩身が狭くなったり、上からお叱りを受けたりするぐらいです。対して、平民の子は参加してもしなくてもよい立場にあります」

ゾイさんが私のために丁寧に説明をしてくれる。ありがたい。

「平民の子が参加するには、貴族のチームに交じるか、自分たちでチームを組むことになります。でも後者をやる子はほとんどいません。だいたい、支援してくれる貴族との繋がりで、メンバー不足のチームに便利屋という感じで入ります」

なるほど～。

「基本的に平民の子は、周りの貴族の顔を立てて、力を抑えて戦うことが多いです。必然的に評価も低めになってます。少しかわいそうにも思いますが、それも彼らなりの処世術《しょせいじゅつ》なので仕方がないでしょう」

ゾイさんはそこから顔をしかめて言った。

「しかし、この傾向を利用して、支援している平民にわざと悪い成績を取らせて、本来の実力と比べて不当に低いリーグに置く者がいます。自分のチームを有利にするために。本来なら上のリーグにいるような選手が補欠にいて、いざというとき試合に出てくる感じです。今回の入れ替え戦のような負けられない試合に……」

うおぉっ、それはちょっとずるい気がするぞ……。たとえとしてはスポーツの二軍の試合に一軍で活躍《かつやく》できるエースをもってきちゃうような状態かぁ。

「人形《ドゥーラ》って呼ばれる連中だよ。アンデューラに参加して共に戦い、競い合って実力を上げていく仲間じゃなく、ただ貴族の指示を受けて戦うだけの人形さ」

カリギュさんが腕を組んで、けっと吐き捨てるように言う。

人形《ドゥーラ》という行為は貴族たちの間でも嫌われているようだった。

「入れ替え戦で戦うことになりそうだった水の派閥《はばつ》のチームなんかは典型的な人形《ドゥーラ》持ちだ。補欠が出てきた試合では、ほぼ負けなしの状態だった」

ひええっ……

「今回の相手チームの平民も人形《ドゥーラ》ってことか？」

「それがですね……」

ゾイさんとサルデンさんはそこで顔を曇らせた。私たちのチームでは、データを調べたり分析したりするのは、主に二人の役目になっている。

私はあんまりアンデューラには詳しくないから、そういう仕事は任せてもらえないのだ。

バカだから任せてもらえないわけじゃないよっ！

…………

バカだからじゃないっ……！

「カシミア・カラコル、三年生になったばかりの生徒だ。平民出身で、使える魔法は風属性のみ。所属クラスはゴールドクラス」

「ゴールドクラスってことは、最低リーグの中位にいるべき生徒じゃねぇか。これは典型的な人形《ドゥーラ》だな」

「そのはずなんですけど……」

なんだか、さっきから歯切れが悪い。

「そのカシミアが出場している試合、全敗なんだ。ザルドチームは今季に入ってから最上級生のボンゴを外してカシミアを起用していたが、連敗続きで、最下位に転落してしまった。前季の終わりには、15〔クインズエ〕の上位にいたチームだったのにだ。そして一位のチームに勝った試合にはカシミアは出ていない」

「はぁ……？　なんだそりゃ……」

サルデンさんの説明に、カリギュさんは頭を抱えた。

確かにカシミアくんが人形《ドゥーラ》だとするとわけがわからない。

人形《ドゥーラ》を出して負け続け、外した試合では勝ってるわけだから。ゾイさんの言ってた人形《ドゥーラ》とは役割があべこべである。

「だからカシミアという生徒について調べてみたんですけど、三年生のゴールドクラスの生徒たちに印象を尋ねると『魔法が下手』って答えが返ってくるんです」

「ゴールドクラスの生徒がか？」

この学校では、プラチナ、ゴールド、ブロンズというクラス分けがされている。プラチナとゴールドは正真正銘のエリートだ。平民は最高でもゴールドクラスだから、中にはプラチナの生徒に負けないような子もいる。

そしてこの学校の評価で最も重きを置かれるのが魔法だ。

ゴールドクラスにいて魔法が下手なんてありえない。

「でも、成績は悪くないんです。魔法のテストでも、むしろゴールドクラスで上位の成績でした」

「もう、わけがわからねーな……」

どうにもカシミアくんは不思議な生徒のようだった。

クラスメイトには魔法が下手と言われるのに、魔法の成績は悪くない。ザルドチームでは人形《ドゥーラ》っぽい立ち位置なのに、試合では負け続き。

確かにこれだけ考えるとわけがわからない。

でも、この前話した感じでは少し気弱そうな、でも優しく善良そうな子って印象だった。

「これは一度当たってみるしかないな。実力のない生徒を手違いで人形《ドゥーラ》にしてしまったのか。それとも、何か狙いがあるのか」

「ああ、そうしよう」

私たちは戦いの中で一度、相手の様子を見ることになった。


次の週の日曜日、早速、入れ替え戦の第一試合が行われることになった。

いつも通り作戦を確認して、魔法陣の中に入る。

もう慣れたもので、しばらく魔法陣が光ったあと、意識が途切れてフィールドに出現していた。

ステージは風不断《フーチェイ》の対策によく使われた道幅の広い町。

相手の姿が見えるので、私たちは確認する。

あの赤い髪のDQNっぽい人に、猫っぽい目つきの女の子、それからおかっぱの少年、そしてカシミアくんがいた。

「入れ替え戦でもボンゴを外してきたか」

ボンゴっていうのは、彼らのチームで唯一の五年生だ。

この前、彼らに会ったとき、後ろにいたがっしりとして背の高い人がその人だ。

「どういうつもりなんでしょうね」

「どうする、少し慎重にいくか？」

「いや、いつも通りにいってみよう。まだ試合はある。ここはいつも通りいって、どう出るか様子を見たい」

サルデンさんの判断に、反対意見は出なかった。

「エトワさま、今日も頼むぜ」

「はい！」

私が透明の布《アヴィジーバ》を使って突っ込んで、荒れたところを攻撃するのが、私たちのいつもの作戦だ。

『それでは始め！』

試合開始の合図と共に、私は透明になる呪文を唱える。

『アムズ』

マントにかけられた魔法が発動し、私の体が周囲から消えていく。

心眼〈マンティア〉で確認すると、私の姿は完全に見えなくなってる。本当に不思議な力だ。

私はちょっと迂回《うかい》しつつ、相手に接近していく。

気になるのは、ザルドという人の自信満々の態度だ。

『知ってるぜ！　次の対戦相手だろ！　魔力もないくせにアンデューラに参加しやがったアホ野郎！　それがなかなか珍妙な戦い方をするらしいじゃねぇか。でも、俺らがちゃんとぶっつぶしてやるから覚えとけよぉ』

あそこまでの自信満々の態度、きっと何か対抗策があるはずだ。

それから……。

カシミアくんのほうに視線を向ける。

出現位置からほとんど動かない三人と一緒に、青い顔で俯《うつむ》いて立っていた。

大丈夫だろうか。

今は自分のチームのことを一番に考えなくちゃいけない状況だから、気を配ってあげることはできないけど、この試合が終わったら、それとなく食事にでも誘ってみようと思った。

何か悩みがあるのかもしれない。

私は魔法の効果が切れないうちに、彼らの間近まで迫る。

一旦、後ろを確認して、サルデンさんたちが追撃可能な位置にいることを確認した。

（さて、何をしてくるつもりかねぇ……）
ザルドチームにまだ動きはなかった。
ザルドはまっすぐ正面を警戒し、女の子が右を、おかっぱの人が左を警戒している。
カシミアくんは後ろでズボンを握り締めて、緊張した様子で立っている。
私は風不断《フーチェイ》に手をかけた。
その瞬間、不可視の魔法が解ける。
それと同時に、狙いをつけた相手に斬りかかった。
相手はザルドだ。
大将を狙えば、相手も手の内を明かしてくれるはず。
（さあ、どうだっ……！）
私の抜き放った剣が、ザルドの首もとへと向かっていく。
そしてそのまま、あっさりとザルドの首を切り飛ばした。
「へっ？」
手ごたえのない感触に、逆に私のほうが間抜けな声をあげてしまった。
いや、感触はいつも通りなんだけど、何かあると思ってたから……
「げげっ、もう来てた！　やっぱり無理じゃないですかぁっ！」

私の姿を見て、猫っぽい目つきの女の子が焦ったように叫ぶ。私はその逆の、おかっぱの少年のほうに二の太刀を放っていた。

少し目を見開いた表情で、おかっぱの少年が無言で斬られて退場していく。

さて次は――

まだ一撃も喰らってない。

これならもう一人は斬れるかな。

私の位置から一番近いのはカシミアくん、次に猫っぽい目つきの女の子がいる。

狙うならカシミアくんだけど、ちょっとやりにくい。でも、試合なんだから、狙わないのは逆に失礼だろう。

（ごめんよっ！）

私は一旦、風不断《フーチエイ》を鞘《さや》に収めて、カシミアくんとの距離を詰める。

こっちのほうが魔法は避けやすいし、抜刀からでも私の場合、あまり最終的な剣速は変わらない。

「わっ、わわっ」

カシミアくんは焦りながら魔法を構成し、迫ってくる私に指を向けた。

来たら避ける。詰めて斬る。メソッドは明確だ。

女の人からも攻撃がきたらさすがにやられる。でもそれは、サルデンさんたちが追撃してくれるからオッケー。

私はカシミアくんの放とうとしている魔法に全神経を集中させながら、腰の剣に手をかけた。

（あれっ……？）

私はまた何かを空《す》かされたような感覚に襲われた。

魔法がこない。

もう、こちらは距離を詰め終え、剣の射程に入ったのに。

カシミアくんの魔法は未完成という感じでもない。なのにその指先からは何も飛んでこない。

私は仕方なく、鞘《さや》から風不断《フーチエイ》を抜き放ち、その体を逆袈裟《ぎゃくげさ》に切っていく。

そのまま何もせず、カシミアくんの体は消えていった。

「…………？」

私もさすがに首をかしげてしまう。

そこに後ろから水の鞭《むち》が飛んできた。残った女の子の攻撃だ。

たぶん、動きが止まった隙を狙われたので、どうせ避けられなかっただろう。

そして私がやられてもなんら問題ない。

きっちりサルデンさんたちが、女の子の攻撃の隙を狙ってくれていた。

風の刃《やいば》が女の子を切り裂いて決着がつく。

「勝ったなぁ……」

「ですねぇ……」

結果から言うと、一戦目は私たちの圧勝だった。

しかも、割とあっさりと。


次の日、早速カシミアくんをごはんに誘いに行った。

休み時間、三年生のゴールドクラスに行ってみると、机の引き出しに教科書をいそいそとしまっているカシミアくんがいた。

私は扉からにょきっと顔を入れて、カシミアくんを呼ぶ。

「お～い、カシミアく～ん！」

すると小動物がびっくりしたようなリアクションで、カシミアくんが振り向いた。

私の姿を見ると、目をまん丸にする。

「え、エトワさま!?」

自然と私のほうに教室内の視線が集まり、ざわざわとなった。

「失格の子だわ……」

「魔力がないのにアンデューラに参加してるっていう⁉」

遠巻きに見られるのは変わらないけど、パイシェン先輩たちのおかげと最近の活躍《かつやく》もあってか、露骨《ろこつ》に冷ややかな目で見られることもなくなった気がする。

まあ代わりに変なものを見るような目で見られるようになったけど。

それでもやっぱりよその教室は居心地が悪いし（自分の教室もさほど居心地がいいものではないけど）カシミアくんを手招きする。

すると、座りっぱなしだったのか、ちょっと足をよたよたさせて、戸惑い気味の表情でこちらに向かってきた。

なんだか怯《おび》えてる気配である。

もちろん、私にではない。何もひどいことしてないしね。

どちらかというと、私たちに視線を向けるクラスメイトたちを窺《うかが》うようにして、こちらに向かってくる。

「ひいきと失格の子がなんで……？」

「そういえば、この前試合をしたって言ってたわ」

ひいき……？

ちょっと気になるワードが出てきた。

「あの、ご用件はなんでしょう……エトワさま……」

まあご用件はあるんだけど、まずは居づらそうにしているカシミアくんのためにその手を取る。

「えっえっ⁉」

「とりあえず、行こっかー！」

「ど、どこにですか……？」

「どこへでもさー！」

ひとまずカシミアくんがあんまり緊張しないように、人がいないところに行こう。

私はカシミアくんの手を引いて、廊下を歩いた。

そしてやってきた人目のない裏庭。私はようやくカシミアくんの手を放した。

「ごめんね、強引に連れてきちゃって」

「いえ、それは大丈夫です……」

人目のないところにやってきて、少しカシミアくんの緊張も解けたようだ。

ほっとした顔をしている。

やっぱりゴールドクラスの人たちが原因なんだろうか。

私は少し探りを入れてみる。

「友達との約束とかは大丈夫？　ちょっとお話しをしたかったんだけど、約束破らせたら悪いなぁって思って」

「い、いえ、そういうのは……その……ないですから……大丈夫です」

私の質問に、カシミアくんは少し答えにくそうに言った。

その返答から察する。どうやらクラスに友達はいないらしい。

まあ人のこと言えないけどね。

私もクラスでは未だにぼっちである。

でもおかしい。カシミアくんは平民だ。

ルーヴ・ロゼは貴族学校だから平民が過ごしにくい点は確かにある。でも、だからこそ平民同士は親しくなりやすいのだ。ゴールドクラスには優秀な平民の子が、他にも何人か在籍してるはず。

なのに、なぜか友達がいない。

クラスメイトのカシミアくんを見る目も、どこか集団から浮いた存在を見る目だった。

私みたいな思いっきり変な生い立ちなら、そうなるのもわかる。

でもカシミアくんはまるっきり普通な子で、少し臆病《おくびょう》なところはあると思うけど、大人しくて容姿も可愛らしい。今も裏庭を吹く風に、白い柔らかな髪がぽわぽわと揺れて、澄んだ青い瞳でこちらを窺《うかが》う様子は、白くて綺麗なヒツジみたいな感じだ。

こんなに可愛い子がぼっちのはずがない！　なぜだー！

と聞きたいところだけど、まずそこは置いといて、ここは距離を縮めないといけない。

「実は観劇のチケットが余ってて、よかったら明日一緒に行かないかい？」

「僕とですか⁉」

明日は火曜日だけど祝日で、試合がなく、学校もお休みだ。

いきなりすぎるかもしれないけど、カシミアくんはちょっと臆病《おくびょう》なところがあるようなので、ここは私が強引に行かないといけないと思う。きっと初対面で話しかけてくれたのは、クレノ先輩から話を聞いて、馴染《なじ》みやすさを感じてくれてたからだろう。

でもそれも偶然の衝突があってこそで、今はカシミアくんのほうからちょっと距離を置かれてるように感じる。

「私と行くのは嫌かい～？」

こう聞くと気弱な子は断れない。

私は答えを確信しながら、カシミアくんに聞く。

「そ、そんなことないです……」

「誰かと遊ぶ予定とかはないんだよね」

「は、はい……」

「じゃあ、行こうー！」

こうなった時点で、カシミアくんの火曜日の予定は決まってしまった。

いや、でも悪意からやってるんじゃないよ。ちょっとクラスでの様子とか、アンデューラでのおかしな様子とかの理由を聞きたいのだ。少し心配なのだよ〜。

「わかりました……。あの、よろしくお願いします」

強引に誘ったわけだけど、カシミアくんの返事はちゃんと嬉しそうな感じもあって安心する。

表情に出して、喜んでたわけじゃない。

けど、はにかみかけたのを隠すような、喜ぶことに慣れてないような、そんな表情だった。

さてさての火曜日の朝。

カシミアくんと劇を見て、食事でもして、もし悩んでることがあったら聞いてみようということで、元気よくお出かけだ。

「いってきま～す！」

「…………」

「…………」

「…………」

あぁぁぁぁ、出かけにくい。

ソフィアちゃんが、リンクスくんが、ミントくんが、玄関へ向かう途中にある広間で、ソファの背もたれから顔の上半分だけ出して、お出かけについていきたそうにじっとこちらを見ている。

「い、いってきま～す……ね？」

「…………」

「…………」

「…………」

誰も『いってらっしゃい』とは言ってくれない。

みんな恨みがましそうにこちらを見ている。

くぅ……

確かに祝日の火曜日、お出かけに行こうとみんなに誘われたけど……

私だってせっかくの祝日だし、護衛役の子たちと遊んであげたい！

でも、ソフィアちゃんたちがいたら、カシミアくんが絶対に緊張するし、それでは事情が聞けなくなってしまう。なので護衛も断った。

ここは……心を鬼にするしかあるミヤマヒダリマキマイマイ……

「いってまいります！」

「あぁっ……！」

私がソフィアちゃんたちの重い視線を振り切るように玄関へダッシュすると、背後から悲しそうな悲鳴が聞こえてきた。


アンデューラが終わったら、時間に余裕ができるから、そのときはあの子たちとたっぷり遊んであげよう……。そう反省しながら、カシミアくんとの待ち合わせ場所まで歩く。

ルーヴ・ロゼには遠くから入学した平民の子のための寮がある。

待ち合わせ場所は、その寮の近くにある公園の噴水《ふんすい》前にした。

噴水《ふんすい》前に着くと、もうカシミアくんがいた。

「お待たせしてごめんね～」

集合時間はまだ先だったけど、一応謝っておく。

「あ、エトワさま、そんなに待ってないですよ」

振り返ったカシミアくんの姿を見た瞬間、私は驚愕《きょうがく》した。

服が……ださいっ……！

いや、人の服にケチをつけてはいけないのだけど、よれよれの古着に、毛羽《けば》立ったズボン、明らかに家でしか着ないような服装だったのだ。

カシミアくんも私の反応からそれを察したのか、ちょっと恥ずかしそうに赤面し、よれよれの服を隠して、申し訳なさそうにする。

「あの、ごめんなさい。あんまり外に出かけないので、こういう服しかなくて……。これでも一番、マシなのを選んできたんですけど……」

うーん、これはカシミアくんの抱える問題、思った以上に深刻なのかもしれない。

こういう服しかないってことは、休日にもあまり外出してないってことだよね。一緒に遊ぶような友達もいないってことになる。

クラスだけじゃなくて、寮でもこの子と接してくれるような子はいないのだろうか。

「やっぱりエトワさまのような方と出かけるには不釣合いでしたよね。ごめんなさい……」

だんだんと落ち込んでしまうカシミアくんに私は慌てて首を振る。

「いやいやいや、そんなことないよ。でも、今日はちょっと贅沢《ぜいたく》な場所にも行くから、どうせなら綺麗な服にしようか～。お知り合いになった記念に私がプレゼントするよ。おしゃれしてから遊んだほうが楽しいよ！」

「え、そんな申し訳ないです！」

「大丈夫大丈夫！　私に任せてー！」

私はちょっと強引にカシミアくんを、仕立ての良さの割に値段はリーズナブルな、いい感じのお洋服屋さんに連れていく。

そこで、カシミアくんに似合う服を買った。

カシミアくんの髪の色に似た真っ白な布地のカッターシャツに、その色を引き立てる黒いベスト、それから同じ色のズボン。

「似合うよ～。可愛いよ～」

きちんとした服を着たカシミアくんはとても可愛かった。

しゃっきりとした黒いベストと白いシャツが、澄んだ青い瞳と白いふわふわの髪をとてもよく引き立てている。貴族のご令息だと言われても、この格好なら、誰も疑問を抱かないだろう。

「とてもよくお似合いです」

入ってきたときはびっくりしてた店員さんも、満面の笑みで褒めてくれる。

私は店員さんにお支払いを済ませると、そのまま買ったばかりの服を着たカシミアくんと一緒に店を出た。

カシミアくんはちょっと焦った表情だった。

「い、いいんですか？　こんなに高い服……」

高い服といっても、私がもらってる程度のお小遣いで払える金額だから、そこまで大したことはないはずなんだけどねぇ。

もちろん世間一般の家の子供に比べたら、とても恵まれてるという自覚はある。

でも普通の世界でも、中学生が一年お小遣いを貯めたら買えるぐらいのグレードの服を選んだつもりだ。貴族の支援を受けてる平民の子なら、何着か持っててもおかしくない。

うーん、どうやらさっきの服からして、出かける習慣がないだけでなく、経済的にも困窮《こんきゅう》してる感じがする。貴族からの支援が途絶えてるってこと……？

確認しなきゃいけないことは増えたけど、とりあえず今は一緒にお出かけを楽しもう。

「どうしても気になるなら、ほら、ポルフィーヌ祭のプレゼントってことで」

「ポルフィーヌ祭って、もう四ヶ月も前の話ですよ……」

「そのころはカシミアくんとお知り合いになれてなかったからさ。来年ももちろんプレゼントするよ！　楽しみにしててね！」

ポルフィーヌ祭は日本でいう七夕《たなばた》とクリスマスを合わせたみたいな行事だ。

おうちでパーティーを開いて、美味《おい》しい料理を食べて、パナトラという木に願い事を書いた紙を吊るす。その一年を、いい子に過ごせてた子は、願い事が叶うって言われてる。

まあ実際のところ、家族からプレゼントをもらうか友達とのプレゼント交換になるわけだけど。

シルフィール家ではいつもホームパーティーを開いている。平民の子たちは寮暮らしだから、学校でパーティーが開かれているらしい。

ちょっと強引な態度が功《こう》を奏《そう》したのか、カシミアくんはプレゼントした服をちょっと戸惑うように見回したあと、上目遣いにお礼を言ってくれた。

「あの……ありがとうございます……」

「どういたしまして！」

私は両手の親指をぐっと立てた。そのあとは、二人で劇場へ向かう。

チケットを見せながら、カシミアくんに尋ねる。

「カシミアくんは、この演目は好き？」

「本でなら読んだことあります。好きな話ですけど、劇で見るのは初めてなので楽しみです」

よかった。男の子が好きそうな冒険と友情みたいな劇を選んだけど、好みに合ってたようだ。

おしゃべりしながら町を歩き、開演前のちょうど良い時間に劇場に着く。

「ガレットー！　ガレットはいりませんかー！」

「ガレットと紅茶を二人分ください」

「はいー！　ありがとうございますー！」

劇場前の売り子の少年から、上演中でも食べられるガレットと、ぬるめの紅茶を買う。紅茶は木製のコップで、ガレットは油紙に包んで渡される。油紙は捨てていいけど、コップはあとで返却するのがマナーです。

それじゃあ入ろうか、と劇場の入り口をくぐろうとしたとき、私は誰かの気配に気づいた。

「んっ？」

「どうしました、エトワさま」

（これはソフィアちゃんたちじゃないよね。人数が違うし……）

私はカシミアくんのほうを見て尋ねる。

「今日、誰かに出かけるって言ってきた？」

「え、えっと……」

そこでカシミアくんの表情がちょっと曇る。

「ザルドさまたちには、エトワさまと出かけてくるって報告しました……。もしかしたらミーティングや用事があったかもしれないので……」

「そっかそっかぁ～」

「どうしたんですか？」

不安そうに尋ねてくるカシミアくんに、私は笑顔を作って首を振る。

「なんでもないよ～。それより、早く入ろう。劇が始まっちゃうよ～」

「は、はい」

とりあえず、私は当初の予定通りカシミアくんと劇を見ることにした。

劇が終わり、私はカシミアくんと劇場から出る。

「いやー、面白かったねぇ」

「はい！　主人公の騎士がかっこよかったです！　お姫様殺しの嫌疑をかけられて騎士団を追われて、そこから昔の仲間に助けられて逆転して、黒幕の大臣を倒すところが一番興奮しました！」

カシミアくんは劇を見て、大興奮していた。これまでで一番饒舌《じょうぜつ》になっている。

そんなカシミアくんは可愛いよ、と私は心の中で呟《つぶや》いた。

劇場に来るのは初めてのようで、最初は緊張した様子だったけど、劇が始まると食い入るように見つめて、最後には夢中で楽しんでいた。

誘ってよかった～っと純粋に思う。

まだまだ続くカシミアくんの演劇トークを聞きながら、私は心眼で周囲をサーチした。

（う～ん、まだいる）

それに引っかかったのが、こちらを物陰から窺《うかが》う男女四人だった。

バレないように変装しててもだいたい誰なのかはわかる。

気になるけど、まだ様子を見ることにした。

「それじゃあ、ごはんでも行こっか！」

「あ、はい」

二人で近場の安くて美味《おい》しいレストランに向かったけど、ちょうどお昼時なので混んでいた。

「ちょっと買い物してからまた来ようか。それともお腹空《す》いてる？」

「いえ、大丈夫です」

レストランが空《す》く時間になるまでショッピングする。

ほとんどウィンドウショッピングだけど、小物屋さんや雑貨屋さんを見て回った。

結構楽しくて、一時間ほど費《つい》やしてしまったころ、二人ともお腹が空《す》いてきてしまった。

「そろそろ空《す》いてそうだし行こうか～」

「はい」

狙い通り、レストランには空席ができていて、すぐに案内されて注文をする。

取り留めのない話や、午前中に見た劇の話をしながら待ってると、料理がやってきた。

玉ねぎのスープに口をつけながら、カシミアくんに尋ねる。

「美味《おい》しい？」

「はい、とっても美味《おい》しいです。値段も安いですし、その、ちょっと安心しました……。

あ、あと劇を見るのも初めてで面白かったです。こんな休日、久しぶりで……エトワさま、ありがとうございます」

「う～ん……さまはつけなくていいよ。同い年なんだし」

やっぱりカシミアくん、話の端々《はしばし》から苦労してそうな感じだ。

「えっ……えっと、じゃあエトワさんで……」

なぜかさんがついてしまったけど、まあ仕方ないか。

私もそろそろ本題に入ってみる。

「そういえば気になってたことがあるんだけど聞いていい？」

「気になってたことですか？」

「この前のアンデューラなんだけど」

「はい……」

アンデューラというワードが出ると、カシミアくんの表情が硬くなった。

「私に魔法を撃とうとしたとき、結局撃たなかったよね。タイミング的に撃てたと思うから、なんで撃たなかったのかなってずっと気になっちゃって」

「あの、ごめんなさい……」

「いやいや、謝ることじゃないんだよ！　ただ気になっただけだから！　こっちこそ変なこと聞いてごめんね！」

いきなり謝罪するカシミアくんに、私は焦って手を振る。

「でも、カシミアくん悩んでることがあるみたいだからさ。気になってたんだよね。できれば聞いておきたいなって思って。嫌なら話さなくてもいいけど、誰かに話せば楽になることもあると思うよ」

カシミアくんは人に気を遣っちゃう性格みたいだから、私まで遠慮してちゃダメだなと思い、ぐいっと踏み込む。でも、押しつけがましくならないように。

「そうだったんですか……」

「うん」

カシミアくんはそれを聞いて、少しの間、俯《うつむ》いて沈黙する。

相談するかどうかはカシミアくんの意思だから、私はじっと待った。

やがてカシミアくんは、ぽつりぽつりと話してくれる。

「あの……僕……魔法の制御が下手なんです……。あのときも確かに魔法を撃とうとはしたんですけど、味方の人にもぶつけてしまわないか、不安になって……」

それは彼の優秀な魔法の成績から考えると、ちょっと不思議な答えだった。

「この学校に入学して初めての授業で僕、魔法を暴走させてしまったんです。周りの子を巻き込んで、怪我させちゃって……。それ以来、怖くて人前で魔法を使えないようになりました。また周りの子を巻き込まないか怖くて、授業やテストでもできなくて……。当然、成績も悪くて、このままじゃ退学だったんですけど、先生が気づいてくれて、一人で補習やテストを受けさせてくれるようになったんです。それで、学校にはなんとか残れてるんですけど……」

　そうだったのか……

「一人のときは魔法をちゃんと使えるんだよね」

「はい……まだちゃんとは制御できないんですけど、先生のおかげで使えるようになりました……。でも……しばらくしたら周りの子たちから『ひいき』って呼ばれるようになって……」

　なるほど、そういう事情だったのか。カシミアくんは努力してるわけだけど、周りの子たちから見ると魔法をろくに使えない子が好成績を取ってるわけだから、ひいきに見えてしまうわけだ……

「それで、だんだんと貴族の子たちからだけじゃなく、平民の子たちからも避けられるようになってしまいました……」

　一人は辛いよね。私もソフィアちゃんたちがいなかったらって考えるとへこむ。

　いろんな立場があって難しい話だけど、カシミアくんは悪くないと思う。けれど、カシミアくんが人前で魔法を使えるようにならないと、貴族の子たちの気持ちも治まらないだろう。

「クレノ先輩だけは僕に話しかけてくれました。いろいろと話を聞いてくれて、お返しにっていろんな面白い話を教えてくれて、エトワさんの話もそこで聞きました。そんなクレノ先輩も卒業しちゃいましたから、それからはずっと一人でした……」

語り終えたカシミアくんの表情はすごく悲しそうだった……

まだ子供なのに、親もとを離れて、ルーヴ・ロゼに一人でやってきた。それなのに周りからは避けられ、友達もできない日々。どうやら貴族の支援も切れてるようだった。

どうにかしてあげたい。

でもトラウマのある子をどうにかしようとするには、私は魔法の知識がなさすぎる。かといって、貴族の子たちの偏見を取り去るのも……正直言って私じゃ無理だ……。相手にされない。

結局、話を聞くことぐらいしかできそうになかった。クレノ先輩も同じ気持ちだったんだろうか。

そんなとき、私はふとあることに気づいた。

私があらかじめ抱いてた疑問点の一つが、カシミアくんの話からは抜け落ちてた。

「そういえば、ザルドさんチームに入ってるのはなんでなの？」

そこも悩みに関わってると思ったんだけど、一切話に出てこなかった。

私の疑問に、カシミアくんは目をぱちくりさせる。

「あ、それは、三年生になったらいきなり言われたんです。ザルドさまから、俺たちのチームに入れって。たぶん、成績だけ見て優秀な平民の子だって勘違いしちゃったんだと思います……」

「なんかザルドさんといると辛そうだったけど。というか怯《おび》えてるみたいで」

「それは僕が出る試合はほとんど負けっぱなしで……申し訳なくて……。僕、全然役に立ててないのに、ザルドさまずっとボンゴさまを外して、僕を試合に出し続けて、どんどん順位が下がってしまって、降格寸前になったのもほとんど僕のせいなんです」

あれ、怯《おび》えてたのではなく、申し訳なく思ってたのか。

まあ、この子のことだから申し訳なさすぎて、怯《おび》えてもいたんだろうけど。

「たぶん、ザルドさまも意地を張られてたんだと思います……。チームに入れた平民がこんなに使えないとは思わなくて……。最後の試合、ようやく外されて、ついに見捨てられちゃったのかと思って、悲しいけどちょっと安心しました……。でも、また入れ替え戦では僕を入れるって言われて、もうどうしたらいいのかわかりません……」

話を聞く限り、カシミアくんはザルドたちに悪印象はまったくないようだった。

カシミアくんは俯《うつむ》きながら、胸の内を聞かせてくれた。

「別に人形《ドゥーラ》でもいいんです。それが自分の居場所になるなら。でもその役目すらろくにできなくて……。ザルドさまには本当に申し訳なく思ってます……」

ふと何かを思い出し、自嘲《じちょう》するような笑みがカシミアくんの表情に浮かぶ。

「そういえばポルフィーネ祭の願い事、『自分の居場所が欲しい』って書いたんです。そんなのプレゼントでもらえるわけがないのに……。恥ずかしくなって、あとで木から外したんですけど……」

私はなんとなく、カシミアくんが今どういう状況にいるかわかってしまった。推測も多分に混じってるけど。

「あの、もしよかったら……エトワさん……。僕と友達になってもらえませんか……」

勇気を振り絞る感じでそう言うカシミアくんに、私は腕を組んで唸《うな》った。

「う〜〜〜ん」

「あ、やっぱり僕となんて嫌でしたよね、ごめんなさい！」

涙目になってすぐに距離を取るリアクションが、本当に子ヒツジっぽい。

私は首を振ってちゃんと返事をする。

「いやいや、友達になるのは全然構わないよ。っていうか、私はすでに友達じゃないかなとか思ってたよ。むしろもう友達だよ！　でも、その前にカシミアくんにはやることがあるんじゃないかって思って」

「やることですか?」

「うん、ちゃんと言葉にして相手に伝えるっていうこと。お互いさまだとは思うけど」

伝えるって……? とカシミアくんは首をかしげる。

「とりあえず、お店を出ようか」

「は、はい」

お会計を済ませて、私たちは店を出る。

「どこに行くんですか、エトワさん?」

「こっちこっち」

私はカシミアくんの手を取り、ある場所へと案内する。

そこはレストランの近くから入れる路地裏。

「こ、こっちに来ますよ……」

「おいっ、どうにかしろ!」

「行き止まりです……無理ですね……」

私たちがずんずん近づくと、あちらから慌てる気配が伝わってくる。

そこにいたのは、上級生四人組。

朝、劇場に入り、劇を鑑賞して、買い物をして、それからレストランに入って、出てきて。私たちのお出かけの間、ずっとカシミアくんをつけてた人たち。

「ザルドさま、なんでこんな場所に⁉」

その姿を見て、カシミアくんが目を丸くする。

私は彼らにも伝える。ちょっと厳しめの声音《こわね》で。

「ちゃんと言葉にしてないから、カシミアくんに何も伝わってないですよ……」

それからカシミアくんの手を放した。

「あ、エトワさん……」

「とりあえず、勇気を出してカシミアくんの思ってることをぶつけてみなよ。勘違いでもいいからさ。それじゃあ、また遊ぼうね～」

私は呆然とするカシミアくんに手を振ってその場を離れた。

カシミアくんはザルドさんたちと向き合う。ちょっと戸惑った表情で。

ザルドさんたちのほうはなんか気まずそうにしていた。

お互いしばらく沈黙したあと、カシミアくんが決心した表情でザルドさんたちに言った。

「あの、いつも試合で足を引っ張っていてごめんなさい。僕のせいで負けてごめんなさい。僕は人形《ドゥーラ》なんだから、むしろ役に立たなきゃいけない立場なのに」

「ああんっ！　人形《ドゥーラ》だと!?」

ザルドさんが驚いたように叫んだ。

「おい、まさか、俺が人形《ドゥーラ》なんて使う器《うつわ》の小さい人間に見えてたのかよ！」

「ひぃっ、ごめんなさい」

いや、そりゃ見えるよ。悪人面《づら》だし、今だってカシミアくん怯《おび》えさせてるし。

それを諌《いさ》めるように、猫っぽい目つきの女の人が間に入る。

「いやいや、誤解されても仕方ないですよ。むしろ、それ以外どう受け取れって言うんですか」

「ああんっ、レメリィ、てめぇ俺のせいだって言うのか？」

「どう考えても御大将《おんたいしょう》のせいですよ。だから私はちゃんと説明しようって言ったじゃないですか」

「はぁ!?　こんなこといちいち言うことじゃねぇだろうが！」

言い争いを始める二人に、カシミアくんが呆然と呟《つぶや》く。

「あの、どういうことですか。人形《ドゥーラ》じゃなかったら、なんで僕はこのチームに……」

するとレメリィさんが振り返り、怯《おび》えさせないように笑顔を作って言う。

「ごめんね、ずっと誤解させちゃってて。本当にうちの御大将《おんたいしょう》は……。カシミアくん、ポルフィーヌ祭の日に、お願い事に『居場所が欲しい』って書かなかった？」

「はっ、はい……」

なぜ知ってるのかと、カシミアくんは驚いた瞳でレメリィさんを見つめる。

するとレメリィさんは苦笑いして、ザルドさんを指差した。

「うちの御大将《おんたいしょう》、顔に似合わず平民寮でやるポルフィーヌ祭のパーティーの後援なんかしててさ。それで偶然、見ちゃったんだよね、カシミアくんの願い事。それで『こいつをチームに入れるぞ』って言い出しちゃって。びっくりしたよね、ごめんね」

自分がチームに入れられた真相を聞き、カシミアくんは目をまん丸にした。

「それからカシミアくんの成績を調べて、本当はうちのチームに入ってもらうにはちょっとランクが高すぎたんだけど、先生に相談したり交渉したりして、ようやく許諾《きょだく》が取れたんだ。それで、そのまま勢いでやっちゃったんだけど……もし上のリーグに入りたかったならごめんね……」

「じゃ、じゃあ、僕がチームに入れてもらえたのって……」

「俺たちの仲間に入れるために決まってるだろーが！」

ザルドさんが腕を組んで、大声で言い放つ。

すると、後ろの二人がぼそぼそとザルドさんへの文句を言った。

「決まってるだろーがって、その容姿でそんなこと言っても、まったく説得力ありませんよね」

「俺たちがソフトランディングさせようと、散々《さんざん》忠告してこれだからな……」

「うっせー、俺に文句あるのか、カリス、ボンゴ！」

おかっぱの男の人がカリスさん、背の高い人がボンゴさんだと思う。

聞こえるようにリーダーの悪口を言う二人にザルドさんが吼《ほ》える。

そんな四人の会話を呆然と見ていたカシミアくんは、ずっと心の奥に秘めてた疑問を吐き出すように、ザルドさんたちに聞く。

「じゃ、じゃあ、僕のせいで負けっぱなしだったのに試合に出し続けていたのは……」

「それもごめんね。ちょっとだけ事情は聞いてたんだけど、御大将《おんたいしょう》が試合に出して慣れさせれば治るって言い張って」

「なせばなる！」

「なりませんでしたよね」

「みんな御大将《おんたいしょう》のように図太い神経してるわけじゃないんですから……」

三人が呆れたようにザルドさんを見た。

「じゃあ、リーグの最後の試合で外されたのは……」

「さすがに見てられなくて、私たちが一旦休ませましょうって言ったんだよね」

「うん、見てられなかった」

「御大将《おんたいしょう》もかわいそうなことをする……」

「なんだよ！　てめぇら！　俺が悪いって言うのか⁉」

「悪いですよ。諸悪《しょあく》の根源でした」

レメリィさんが冷たくザルドさんを睨《にら》む。

「そのあとの入れ替え戦で出ることになったのは……」

「重要な試合こそ、成長するチャンスだろうがぁ！　出さねぇでどうする⁉」

「すぐこれだもんなぁ……」

単純で無鉄砲としか言いようがないザルドさんの性格に三人はため息を吐《つ》いた。

でもカシミアくんは、ザルドさんたちの話を聞いて、だんだんと目を潤《うる》ませて、言葉を詰まらせながら……

「じゃあ……じゃあ……」

何か言おうとして言葉にできない、そんなカシミアくんを優しい瞳で見ながら、レメリィさんは微笑んで言った。

「いろいろ辛い思いをさせちゃったみたいでごめんね。ここがカシミアくんの居場所だよ」

潤《うる》んだ青い瞳を向けられ、ザルドさんが腕を組んでまた吼《ほ》える。

「そうだ！　ここがお前の居場所だ！」

カシミアくんの目から、一つ、しずくが零《こぼ》れ落ちた。

「うっ……ひっく……ううっ……」

それからぽろぽろと、綺麗な青い瞳からたくさんの涙が零《こぼ》れ落ちていく。

それを見てようやくザルドさんは焦りだした。

「おっ、おい。なんで泣くんだよ！　ふざけんなよ！　ぶっころすぞ！」

言葉は乱暴だったけど、その表情はとても困って焦った様子だった。ザルドさんなりにカシミアくんのことをちゃんと思いやってるんだろう。

それをチームの三人が呆れた顔で見る。

「ほらぁ、やっぱり辛い思いさせてたじゃないですか」

「本当にうちの御大将《おんたいしょう》はバカですね」

「この機会に繊細《せんさい》な人の心というものを学んでください……」

「てめぇら、あとで覚えとけよ。くそっ。ほらっ、泣きやめ、アイスでも食うか？　その店で買ってやるからな！」

三人に散々《さんざん》に言われながら、ザルドさんはザルドさんなりに必死にカシミアくんを慰《なぐさ》める。

まあ実際、彼が素直になってれば、カシミアくんはこの二ヶ月もっと楽しく過ごせてたはずなのだ。これぐらいは罰が当たって当然だと思う。

カシミアくんは一生懸命、溢《あふ》れてくる涙を拭《ぬぐ》いながら、ザルドさんに言った。

「あのっ……僕なんかをチームに入れていただいて……ありがとうございます……」

「そんなの別に感謝されるようなことじゃねーよ！　そんな風にうじうじする前に、ちゃんと魔法使えるようになって、うちのチームに貢献《こうけん》しやがれ！」

その乱暴な言葉にカシミアくんは、涙を止めてようやく微笑む。

「はい、がんばります！」

そんなやり取りを、今度は隠れる側になって見ていた私は、一件落着したようなので、ほっとしながらその場を離れる。

居場所ができてよかったね、カシミアくん。そんな風に思いながら。

でも、そんなのんきにしていられたのは、次の入れ替え戦の日までだった。

＊＊＊

入れ替え戦の二戦目の日がやってきた。

エトワたちもザルドたちも、すでに戦いのフィールドに出現していた。

見学席には護衛役のいつもの三人と、まばらにではあるが小等部の生徒たちがいる。

ザルドたちのチーム編成は、リーダーのザルドに、猫っぽい目つきの少女レメリィ、おかっぱの少年カリス、それから新人のカシミアという『いつもの』編成だった。

最上級生のボンゴは今回も外れている。

「あーあ、またひいきが出てるよ」

「こりゃ、あっちのチームの負けだな」

見学席にはカシミアのクラスメイトもいた。彼らはエトワの噂《うわさ》を聞いて試合を見に来ていた。

しかしカシミアがメンバーにいるのを見ると失望した顔をした。ゴールドクラスでありながら、魔法もろくに使えないカシミアがいることで、試合はザルドチームの敗北に終わると見切ったのだ。

二つのチームは、試合開始の合図を待ちながら、お互いに見つめ合っている。それぞれの胸中にある思いはさまざまだが、エトワはカシミアがまたフィールドに立っているのを見て、よかったねと内心笑顔になった。

「エトワさま、攻撃の手順は大丈夫ですね」

「はい」

サルデンの言葉にこくりと頷《うなず》く。

今回の作戦もいつも通り、エトワが最初から透明の布《アヴィジーバ》を使って姿を消し、相手に突っ込んで攪乱《かくらん》し、サルデンたちがとどめを刺す。

と見せかけて、今回はサルデンたちが先に突っ込む作戦だった。エトワはあらかじめ消えておくが、時間ぎりぎりまで隠れて相手の注意を引きつけ、サルデンたちの奇襲が成功しやすい形にもっていく。

初動はいつもと同じだが、攻める順番は真逆。単純なようでいて、透明の布《アヴィジーバ》で何度も奇襲を成功させたエトワの注目度を考えれば、かなり有効な作戦だ。

『試合開始です』

先生の号令と同時に、エトワは透明の布《アヴィジーバ》の魔法を発動させる。

消えながら横に回り込む動きを、わざと相手にちらっと見せつけた。

「いくぞ！」

それと同時にサルデン、ゾイ、カリギュは、相手のほうへと素早く移動を始める。

一方、ザルドたちのチームは開始場所から動かなかった。

「あの……本当にいいんですか……？」

カシミアがザルドのほうを窺《うかが》い、不安げに尋ねている。

ザルドは腕を組んでいつものように吼《ほ》えた。

「やれ！　遠慮すんな！」

「でも、少し離れたほうが……」

「俺たちは大丈夫だって言ってるだろ！　仲間を信じられねーのか？」

「わ、わかりました……」

ザルドの言葉に、カシミアはようやく決心した表情で頷《うなず》く。それからその青い瞳にぐっと力を込めた。

次の瞬間、周囲にそよ風が吹いた。その風はだんだんと強くなっていく。

「なんだあれは!?」

見学席がざわつく。

そよ風からすぐに突風へと変貌《へんぼう》した風は、次第に渦《うず》を巻いていき、砂や小さな石を空へと舞い上げる。それはカシミアを中心として、つむじ風のような風の柱を形成した。

当然、カシミアの周りにいたザルドたちは突風の中に巻き込まれる。レメリィがちょっと辛そうによろめいた。

「あれは……風の魔力の暴走だ……」

それは未熟な魔法使いたちが、稀《まれ》に起こす魔力の暴走だった。生まれつき強い魔力をもちながら、その制御に失敗し魔力を暴走させたとき、このような暴風が起きると知られている。

しかし、魔力の暴走が起きているというのに、カシミアに苦しんでいる様子はない。

「あの、大丈夫ですか……？」

本人は落ち着いた様子で、ザルドたちを心配そうな顔で見ている。

そんなカシミアに、ザルドは暴風の中、腕を組み仁王立ちして叫んだ。

「この通り俺たちは全然大丈夫だ！　遠慮なんかして止めるんじゃねーぞ！」

威勢のいいことを言っているが、強風を堪《こら》える足はぷるぷるしている。それでも意地で平気なふりをして、偉そうな態度を崩そうとしない。

そんなザルドを見たカシミアは、覚悟を決めたように真剣な表情で頷《うなず》いた。

「はい……！」

その様子を見て、見学席のソフィアたちも驚いた顔で呟《つぶや》く。

「魔力を暴走させたまま制御している？」

「そうみたいだな……」

ソフィアたちから見ても、これは魔力の暴走だった。

制御できていない魔力が、暴風となって顕現《けんげん》し、周囲を巻き込み荒れ狂っている。

なのに、それと矛盾《むじゅん》するように、カシミアの状態はとても安定していた。暴走状態にありながらも、制御を失う気配がない。暴走したまま、安定してしまっている。

「よし、戦えるな！」

「はい！」

ザルドの言葉に、カシミアは強く頷《うなず》いた。

フィールドに起立する風の柱を見て、サルデンたちの足が一瞬止まる。

「どうする⁉」

カリギュがサルデンに問いかける。

横に回り込んだエトワも同じように、サルデンに視線を向けた。

しかし、エトワの姿はサルデンたちにも見えない。一度姿を消すと、意思疎通《いしそつう》ができなくなる。そこが透明の布《アヴィジーバ》の弱点だった。

「もう透明の布《アヴィジーバ》を発動させてしまっている。このままじゃ時間がなくなるだけだ。作戦通りやるしかない！　いくぞ！」

結局、百五十秒という制限時間がある以上、サルデンたちに様子見という選択肢は取れなかった。三人一緒に攻撃魔法の射程距離まで詰め、まずゾイが魔法を放つ。

風の刃《やいば》の魔法。

半月の形をした風の刃《やいば》が、ザルドたちに向かって飛んでいく。

カシミアが起こす風に曝《さら》されているザルドたちには、回避行動が取りにくいはずだった。

しかし、嵐の中心にいるカシミアが、ゾイへと目を向ける。

小柄な少年の、中指と人差し指が自分に向けられたとき、ゾイはぞくっという悪寒《おかん》を感じた。

次の瞬間、カシミアの指先から魔法が放たれる。

ゾイが放ったのと同じ、半月状の風の刃《やいば》の魔法。しかし、その大きさは三倍ほどあった。

「なっ……！」

巨大な風の刃《やいば》は、ゾイの放った風の刃《やいば》ごと、ゾイを呑み込む。

「うわあぁぁっ！」

ゾイが落とされた。

「ゾイっ⁉」

「そんな！　あとから撃ってあの威力だと⁉」

エトワも呆然と、その光景を見ていた。

それから瞬時に判断する。

（今すぐ私が突撃しないとまずい……！）

カシミアの放った魔法は尋常じゃない威力だった。

このまま正面から撃ち合えば、サルデンたちのほうがやられる。

エトワは相手の背後から距離を詰めた。

そのときカリギュが気づく。

カシミアの視線が後ろへ向いていることに。

「気づかれてるぞ！　エトワ！　逃げろ！」

エトワも感じていた。

カシミアの周囲を吹き荒れる風に踏み込んだ瞬間、何かにまとわりつかれるような感じがした。

（もしかしてこの風、私の心眼みたいに領域に入った存在を感知できる……⁉）

エトワは身を翻《ひるがえ》して、その場から逃げる。

（どうする、時間がない……）

もう、透明の布《アヴィジーバ》の効果時間は残り三十秒ほどだった。

近くの建物の陰に隠れて、次の攻め手を考えるエトワだったが、その耳にサルデンの声が届く。

「エトワ！　できるだけ遠くへ逃げろ！」

カシミアがエトワの逃げた方角を見つめ、二本の指を突きつけていた。

小さく覚悟を秘めた声で呟《つぶや》く。

「ごめんなさい、エトワさん……。でも……僕はこのチームを勝たせます！」

えっ、と思う前にカシミアの軽やかな短縮詠唱《えいしょう》がフィールドに響いた。

『大気圧縮弾《エアーボム》』

次の瞬間、エトワの隠れていた家屋の上空に、風が集まっていく。見覚えのある魔法。

でも、その規模は桁《けた》違いに大きい。

上空へと向かう風の流れに、エトワは足を取られる。その風は巨大な空気の爆弾を作り出し、一気に弾《はじ》けた。凄《すさ》まじい爆風が、エトワの隠れていた一帯を呑み込んでいく。

（まずいっ……！　逃げなきゃ……！）

手遅れなのを感じながらも、エトワはあがくために走る。

だが、凄《すさ》まじい速度で、爆風は建物を倒壊させながらエトワに迫ってくる。

(だめだ！　やられる……！)

それを確信したエトワは思考を切り替える。

(ここでカシミアくんを倒さないと、勝ち目がない……！)

エトワは爆風に足を呑み込まれながら、咄嗟《とっさ》に建物から体だけ出し、カシミアへと射線を作った。そして風不断《フーチエイ》を投擲《とうてき》する。

まっすぐカシミアの首もとを目がけて飛んでいく風不断《フーチエイ》。

しかし、周囲を吹き荒れる風がその軌道を曲げ、エトワの最後の攻撃は何もない場所に落ちた。

(だめかぁ……)

そのままエトワは爆風に呑まれ、退場することになった。

残ったサルデンとカリギュは、エトワがやられた光景を見て呆然とする。

「バカな……大気圧縮弾《エアーボム》をあんな短時間で……!?」

「威力もおかしいぞ……」

しかし、呆《ほう》けている暇はなかった。

エトワを倒し、カシミアの瞳がサルデンたちに向く。

カシミアはすぐに呪文の詠唱《えいしょう》を始める。

さっきと同じ大気圧縮弾《エアーボム》の魔法。サルデンたちは出遅れた。

「まずい……この距離は近すぎる……」

攻め手を担当するために、サルデンたちはザルドたちとの距離を詰めていた。この距離では、大気圧縮弾《エアーボム》から逃げようがない。障壁《しょうへき》を作っても、あの威力では無駄だろう。詰《つ》みだった。

サルデンたちが何の対抗策も打ち出せないまま、カシミアの魔法は完成する。

『大気圧縮弾《エアーボム》』

また生まれた大気の爆発が二人を呑み込み、あっさりと決着をつけた。

『ザルドチームの勝利です』

アナウンスが響く。

圧勝だった。カシミア一人でエトワたち四人を全滅させた。

カシミアがいるチームが負けると予想した生徒は、その光景を見て呆然と呟《つぶや》く。

「あいつ……あんなに強かったのか……」

「う、嘘だろ……」

カシミアが人前で魔法を使えなかった理由、それがあの暴風だった。魔法を使おうとすると、必ずあの風を生み出してしまう。

魔力の暴走に人を巻き込んだトラウマを抱えながら、なんとか魔法を制御できるようになろうと努力した結果、なんと暴走させたまま魔法を使えるようになってしまった。

しかし、代わりに普通の魔法の制御はできなくなってしまい、周りの生徒を風に巻き込むのを恐れ、授業やテストでは使えなくなってしまった。

先生はそれに気づき、一人で試験を受けさせていたのだが、クラスメイトたちにはひいきだと誤解され、魔力を暴走させたという汚点と、先生が気づく前の成績不振により、支援していた貴族からも縁を切られてしまっていた。

しかしザルドたちという信頼できる仲間を得て、カシミアはその力を人前でも使う決心をした。暴風に巻き込まれても平気だと、ザルドたちがカシミアに言ったのだ。

仲間のために勝利を得たカシミアは、纏《まと》っていた暴風を収める。

それからザルドたちに無邪気な顔で微笑んだ。

「がんばりました！　見てくださいましたか、ザルドさま！」

「あ、ああ……。よくがんばったな……！」

ザルドが褒めると、カシミアはさらに嬉しそうな表情をした。

しかし、実際のところザルドの顔は少し引きつっていた。

レメリィが含み笑いを浮かべ、ザルドに耳打ちする。

「予想をはるかに超えた力でしたね。これは人形使い《ドゥーラ》の汚名は避けられませんよ、ザルドさま」

ザルドもカシミアには聞こえない小さな声で反論した。

「うっせぇ、上のリーグに上がればいい話だろうが！　これからはあいつが出ても文句を言われないリーグを目指すぞ！　いいな！」

「はい、そうですね。そうしましょう」

ザルドの言葉に、レメリィは含み笑いのまま、頷《うなず》いて離れていく。

「どうしました？」

「なんでもねーよ！　それより今日はよくがんばったな。晩飯でも一緒に食いに行くか！」

「本当ですか。嬉しいです」

ザルドの言葉に、カシミアはまた笑顔になる。

そんな二人を見て、レメリィとカリスはやれやれといった表情でひそひそ話をする。

「いやぁ、本当にカシミアくんがいてくれて助かりましたね。このままだとうちのチームは降格一直線でしたからね」

「ああ、御大将《おんたいしょう》の考えた『目を凝《こ》らしてよーく見れば透明の布《アヴィジーバ》だって見える』作戦はひどかった……」

そうして入れ替え戦の二戦目は、ザルドチームの勝利に終わったのだった。

第六章　最後の戦い、最初の戦い

私たちは控え室で意気消沈していた。

「すみません、カシミアくんがあんなに強くなっちゃったのは私のせいかもしれません……。この前の休日にいろいろと相談に乗ったりして……」

「いえ、アンデューラは本来、お互い競い合って戦う力を高めるためのものです。あれが本来の実力なら、エトワさまが悪いわけではないと思います……」

「とはいっても現実的なことを言うとちょっとあれは……厳しいな……」

「すみません～～～……」

カシミアくんが元気になったのはよかったのだけど、サルデンさんたちには申し訳ない……。

私たちとカシミアくんの力の差は、もはやお互い全力を尽くしてがんばろうねなんて、そんなスポーツマンシップが及ぶ力の差ではない。マジックアイテムのおかげで魔法使い相手にも戦える気になってたけど、上にはあんな怪物がいるのだ。さらにその上にソフィアちゃんたちがいる。

「あの力から言って、確実にリーグ中位以上の実力はある……」

「そんな相手に僕たちが勝つ方法はあるんでしょうか……」

その問いかけに、誰も答えられなかった。みんな沈黙する。

「……まだ諦《あきら》めるのは早い。各自この一週間で、できる限りの対策を考えてみよう」

「はい」

そこで会議は一旦、解散になった。


翌日、学校のお昼の時間、サルデンさんたちが教室の前までやってきた。

「エトワさまはいらっしゃいますか？」

「は～い！　どうしました!?」

慌てて廊下に出て、何事かと尋ねると、サルデンさんたちは言った。

「エトワさまのコネで、シルウェストレの君《きみ》に稽古《けいこ》をつけていただくことはできませんか？」

「ええ!?　ソフィアちゃんたちに稽古《けいこ》？」

「あのあと、それぞれ勝つための方法を考えていたんだが、今のままじゃどんな作戦を立てても力が足りないってみんなの意見が一致したんだ。修業して少しでも力を底上げしたい」

「わ、わかりました。話してみますね……」

でも、なんでそこまで……。風の派閥《はばつ》のサルデンさんたちにとって、ソフィアちゃんたちに頼み事をするのはすごく勇気がいる決断のはずだった。彼らの実力ならそうしなくても、次の機会を待てば昇格は狙える。

そんな私の考えを察したように、サルデンさんが苦笑して言った。

「エトワさまが参加するのは今回で最後ですからね。いい結果で送り出したいでしょう？」

その言葉にゾイさんとカリギュさんも頷《うなず》く。

なんか嬉しい。チームの一員になれた気がして。アンデューラに参加してよかったたって思えた。

カシミアくんは強いけど、私たちも精一杯がんばろう。

サルデンさんたちからの頼み事は、ソフィアちゃんにお願いしてみた。

リンクスくんはカシミアくんと戦い方が違うし、ミントくんは教えるのには向かなそう。クリュートくんは私の頼み事を簡単に引き受けてはくれない。スリゼルくんは……私の願い事なら聞いてはくれるけど、スリゼルくん自身がどう感じてるかは教えてくれないんだよね。

「わかりました。お引き受けいたします」

「ありがとう～」

「エトワさまからのお願いですし、エトワさまのためになることですからね。それに勝ちたいと努力する人たちを無下《むげ》にはできません！」

えっへんとしながら、そう言うソフィアちゃん。本当にいい子だ～。

許諾《きょだく》が取れたことを、サルデンさんたちに報告に行くと。

「オッケーが出ました。いつでも良いって言ってましたけど、いつからにしますか？」

「もう時間がないので、今日からお願いできますか」

そんな風になった。

放課後、ポムチョム小学校からルーヴ・ロゼに戻って、サルデンさんたちと合流する。

「それじゃあ行きましょう！」

拳《こぶし》を突き上げる私に、カリギュさんが顔を青くして言った。

「うーん、緊張するなぁ……」

行き先がシルウェストレの君《きみ》たちの家とあって、他の二人もどこか強張《こわば》った顔をしている。

「誰……こいつら……」

帰りの護衛担当だったミントくんが首をかしげる。

「私のアンデューラのチームの人だよ。シルウェストレの誰かに稽古《けいこ》をつけてほしいって言ってたからソフィアちゃんに頼んだの」

するとスッと目を細め、どこか不機嫌になった声音《こわね》でミントくんは言った。

「なんで俺に頼まない……」

「えっ、えー……っと」

意外な反応に私は戸惑う。

「ミ、ミントくん、やりたかった……？」

「そういう話じゃない……。ソフィアだけに頼むのはフェアじゃない……」

「うっ……ごめんね……」

「うん……」

私の謝罪にミントくんはこくりと頷《うなず》いて歩き出した。ほっ、どうやら許してくれたみたいだ。

そうしてサルデンさんたちを連れて、私たちは帰宅する。

庭にはすでにソフィアちゃんが動きやすい格好で待機していた。髪型はポニーテール。

「話は伺《うかが》ってます。訓練できる期間は短いですが無駄にはなりません。がんばりましょう！」

その瞳は燃えている。体育会系だ。

「よろしくお願いします、ソフィアさま」

サルデンさんたちが頭を下げると、早速、稽古《けいこ》が始まった。

「まず私はできるだけ実際の相手に近い実力で振る舞います」

そう言うと、ソフィアちゃんはカシミアくんと同じような暴風の結界を体に纏《まと》った。

「お、おお……」

「すごい、カシミアくんと同じことができるんだね。さすがソフィアちゃん！」

私たちは驚く。

「いえ、風に探知の力を付与して、体の周りに吹かせてるだけです。あれを擬似的《ぎじてき》に再現しただけで、私でも魔力を暴走させながら制御するのは無理です」

それでも十分にすごい。

「それじゃあ、サルデンさんたちは自由に私に攻撃してきてください。さあ、どうぞ」

その言葉に、サルデンさんたちはぎょっとする。気持ちはわかる。いきなりお偉いさんの娘に攻撃するのはハードル高い。

「大丈夫です。どんな攻撃でも私には効きません。時間がない以上、実戦形式が一番なんです」

躊躇《ためら》い、攻撃をしてこないサルデンさんたちに、ソフィアちゃんは平然とした表情で言った。傲慢《ごうまん》な発言でありながら、その表情には自慢の一欠片《ひとかけら》もない。事実を淡々と突きつける顔だった。

「う、うおぉおぉぉぉ！」

サルデンさんが決心したように、呪文を詠唱《えいしょう》し、風の槍《やり》を放つ。

それはあっさり魔法障壁《しょうへき》に弾《はじ》かれ、逆にソフィアちゃんがサルデンさんに指を向ける。

『大気圧縮弾《エアーボム》』

その発動速度は圧倒的で、サルデンさんは防御すらできない。

「うわぁっ!!」

サルデンさんは悲鳴をあげるが、強力な爆風が直撃する前に、大きな魔法障壁《しょうへき》が出現し、爆風を防ぎきる。それらの魔法をすべて一人で発動させたソフィアちゃんは、平然とした顔で言った。

「このようにサルデンさんたちが危ないときは、私の魔法障壁《しょうへき》で寸止めします。怪我の心配はしなくていいですが、なるべく自分でも防御できるようにがんばってください」

「は、はい……」

あらためて高位貴族との力の差を見せつけられ、サルデンさんたちは圧倒された表情で頷《うなず》く。

私もしみじみ思う。上には上がいるんだなぁって。

「それでは、他の人もどんどん攻撃してきてください」

ソフィアちゃんの言葉に、サルデンさんたちも真剣に向き合う。

私もこうしちゃいられないと、素振《すぶ》り用の木刀を走って取ってきた。

「よーし、私もやるぞー！」

木刀を掲《かか》げてそう言ったら、その場の全員から「ん？」という顔をされた。

「え、エトワはやらないぞ？」

「俺たち三人の修業なんですが？」

「ええ!?　なんで？」

「なんでってアンデューラならともかく、現実で魔法の撃ち合いに交ざるのは危険すぎます」

「でもでも、ソフィアちゃんが障壁《しょうへき》張ってくれるんでしょ？」

ソフィアちゃんのほうを見ると、怒った顔をして言われた。

「万一があるから絶対ダメです！　エトワさまは大人しくしててください！」

ガーン。

私だけ修業イベントなしですか!?

「今から魔法の撃ち合いをしますから、エトワさまは家に入っててください」

私は修業場所から退場させられた。ベランダで見学しかできない……。

「とほほー……」


サルデンさんたちの修業が始まって、三日ぐらいが経った。

お風呂に入ったあと、部屋に戻ると、庭のほうからドーン、ドーンと爆発音が聞こえてくる。

「今日もがんばってるなぁ～」

ソフィアちゃんとサルデンさんたちの特訓は毎日行われてる。

「さみしいよ～。私だけ置いてけぼりだよ～。私も何かしたいよ～、天輝さん」

『強くなりたいなら戦闘がお勧めだ。この国の北には魔族がいる。倒して回ればレベルアップだ』

「そういうのはちょっと……。戦闘狂みたいだし……」

魔族がゲームみたいな存在だったらいいんだけど、気質に問題はあれどちゃんと人格をもった存在らしい。あちらが危害を加えてきたら容赦はしないけど、こちらから倒して回るのはちょっと。

「とりあえず、筋トレでもしようかな」

『ふむ、それも悪くない』

ということで腕立て伏せから。

お風呂に入ったから汗をかくのはちょっと躊躇《ためら》うけど、私もがんばらねば！

十回を三セットやると、腕がぷるぷるしてきた。

我ながらふつう～って感じだ。

腕立て伏せは終わったけど、次は腹筋と背筋《はいきん》。押さえてくれる人が欲しいよね～。

ということで、リンクスくんの部屋の前までやってきた。

「リンクスくん～」

「なんだよ、こんな時間に」

なんて言いながら、すぐに部屋に入れてくれるリンクスくん。

男の子なのに部屋綺麗だよね。こまめに片付けられて、整理整頓されてる。

そんな部屋の床に寝そべって、早速お願いした。

「今から腹筋するので、介助してください！」

「は、はあ？　なんでそんなこと俺に頼むんだよ！」

「だめ？」

「だめっていうか、その……そういうのはソフィアに頼めよ！」

剣幕きつめに言うリンクスくん。確かにいきなり人の腹筋を手伝えと言われても困るだろう。

「ソフィアちゃんは今、忙しいんだよね～。仕方ない、ミントくんに頼んでみるよ～」

そう言って起き上がって、部屋を出ようとしたら、肩をガシッと掴《つか》まれた。

「そんなに困ってるなら俺がやる！」

「それではお願いします！」

なんかわからないがやる気を出してくれたので、早速、床に寝っ転がる。

「あ、ああ……」

やる気を出してくれたはずなのに、リンクスくんはぎこちない手つきで私の足を持つ。

「もうちょっとしっかり持って！」

もっとこうぐいっと押さえてほしいのに、ちょんとしかしてくれない。

やるからにはしっかりやっていただきたい！

しばらくやり取りして、ようやくリンクスくんは私の足を強めに押さえてくれた。

ようやく腹筋ができる。やるぞー！

「ふう～、終わった～」

丁寧にゆっくりやったので、心地よい疲労感がお腹にある。

「もういいよな」

リンクスくんがすぐに私の足から手を離したので、私はうつ伏せになって言った。

「背筋《はいきん》もお願いします！」

「えっ？」

正しい腹筋の介助をしてもらうのにも時間がかかったけど、背筋《はいきん》はさらに時間がかかった。

「ちがうってば～。太ももの裏側をリンクスくんの手で押さえるんだって！」

なかなか正しい位置を押さえてくれない。

軽く押さえようとしたり、足首を持とうとしたり。

「わかってるよ！　こ、こうだろ……」

「わかってないよ〜！　もっと上、うえー！」

やるからにはしっかりやっていただきたい！


そうしてこうしてもう日曜日。アンデューラの入れ替え戦、最終戦の日だ。

相手は前回と同じ。

戦績はお互いに一勝ずつ。この試合で勝ったほうが来季は15〔クインズェ〕にいられる。

この戦いに勝つために、私たちは作戦を準備してきた。

作戦の考案にはソフィアちゃんも協力してくれた。ソフィアちゃんの見立てでは、カシミアくんはまだ魔法の制御に自信をもってないらしい。

魔力を暴走させて暴風を周りに発生させてしまうのに、カシミアくんのチームのメンバーはなぜかその風の圏内《けんない》にいる。本来なら、他のメンバーは外にいるほうが強かったはずだ。

そのほうが自由に動けるし、魔法だって撃ちやすい。

それなのに中にいるのは、カシミアくんを安心させるためだと思うけど、もう一つ理由があるとソフィアちゃんは指摘した。

「恐らく、近づかれたとき迎撃《げいげき》する自信がなかったのでしょう」

ソフィアちゃんはカシミアくんの癖を指摘した。

魔法を放つとき、目標に向かって必ず二本指を向ける。制御に自信のないことの表れだという。

もともと魔力を暴走させることに不安がある上に、戦いには不慣れ。これらのことから、逆に近接戦は苦手だろうとソフィアちゃんは分析した。特に前回全滅させられた大気圧縮弾《エアーボム》は敵に近づかれると使えない。あまりに範囲が大きすぎて、確実にザルドさんたちを巻き込んでしまう。

その弱点をカバーするためにも、あえてザルドさんたちは近くにいるんだろうけど、とにかく近づけば、この前みたいに一方的に大気圧縮弾《エアーボム》で爆撃されて負け、みたいな状況にはならない。

といっても、近づくのだって簡単ではない。

カシミアくんの強力な魔法を乗り越え、ザルドさん、レメリィさん、カリスさんの三人の守りを抜けて、カシミアくんを倒さなければならない。頼りの透明の布《アヴィジーバ》も通じない。

かなり困難に思える。

でも、やるっきゃないよね！

接近したらカシミアくんに一撃を与える方法も、みんなで考えてきた。

あとは成功するかどうかだ。

三戦目も同じステージ。お互いが見える位置でザルドさんたちと睨《にら》み合う。

『試合を開始します！』

そのアナウンスと共に、私たちの最後の試合が始まった。


まず私たちは距離を保つ。

当然だ。カシミアくんの魔法の射程に踏み込むわけにはいかない。

サルデンさんとゾイさんが魔法の詠唱《えいしょう》を始めた。これが完成するまで、私たちはカシミアくんの魔法を受けるわけにはいかないのだ。

開始地点なら魔法は届かないので安心。近づいてきたら逃げて時間を稼げばいい。

そう考えてた私たちだったけど、その計画はすぐに崩れ去った。

カシミアくんが私のほうを見て、二本の指を向けた。

『風鎌《シックル》』

その声と共に、三本の巨大な風の刃《やいば》が、地面を滑《すべ》りながら私へと放たれる。

「なっ、この距離で!?」

「詠唱《えいしょう》を止めないでください！」

私に迫ってくる刃《やいば》に焦るサルデンさんに、そう言いながら私は建物の陰に走る。しかし、カシミアくんの魔法もくいっと軌道を変えてついてきた。

(追尾《ついび》してくるの、これ⁉)

まずい、当たったらゲームオーバーだ。

「カリギュ、エトワさまの援護を！」

「ああ！　わかってる！」

カリギュさんが私と魔法の間に障壁《しょうへき》を張る。でも、止められたのは一つだけだった。

「エトワ、透明の布《アヴィジーバ》で振り切れ！」

「ダメです！　まだこのタイミングじゃ使えません！」

透明の布《アヴィジーバ》は当然、作戦の要《かなめ》。まだ温存しなければならない。

建物の角を曲がるとき、二つ目が小屋に衝突して爆散《ばくさん》してくれた。当たった小屋は粉々だ。

あと一つ。

自分でなんとかしなければ――！　そうだ、あそこなら――！

咄嗟《とっさ》に目についた、樽《たる》が三角に積み上げられてる場所。私はそちらへと走る。

もう背中まで風の刃《やいば》は迫っていた。

「うまぁあああああ！」

私は体のバランスを崩さないように樽《たる》を駆け上る。そして頂上まで上った瞬間、樽《たる》を風の刃《やいば》の方向に蹴った。崩れた樽《たる》が風の刃《やいば》と衝突し、爆発を起こす。

その衝撃に私は吹き飛ばされ、ごろごろと地面を転がった。

「うぅ、いたた……」

実際には痛みはなかったんだけど、ついついそういう気分になりながら私は立ち上がる。けれどバランスを崩してまた倒れた。

見ると右足に大きな木片が刺さってる。現実なら大怪我だ。

咄嗟《とっさ》に服を切って傷口を止血して、これ以上ダメージが増えるのを防ぐ。

落ち着いた私は、近くに人の気配を感じた。

残念ながら味方ではない。敵チームのおかっぱの少年、カリスさんが屋根の上に立ってる。

すごくまずい……。足を怪我して、今はうまく動けない。魔法で狙われたら一巻の終わりだ。

「参る」

カリスさんはそう言うと、魔法で両手から剣を取り出し、なぜか飛びかかってきた。

へ？

まさかの近接戦という選択にびっくりしながらも、私は無事な左足で地面を蹴り、くるりと体を回して攻撃を避けると、回転の勢いを利用し、風不断《フーチェイ》で相手を袈裟《けさ》がけに斬った。

「見事だ」

あっさりとカリスさんは退場していく。

なんだったんだろう……いったい……

＊　＊　＊

その光景を唖然《あぜん》と、ザルドは眺めていた。

口をあんぐりと開け、もともと三白眼《さんぱくがん》の目を見開き白目の割合を増やすと、特に活躍《かつやく》もせずやられていったカリスに、顔を真っ赤にして怒鳴りだした。

「おい！　なんで今あいつは剣で勝負を挑みに行った⁉　よりにもよって魔法使いを接近戦で倒しまくってる剣士にだ！　遠くから魔法撃ってりゃ勝ち確《かく》の場面だったろうが！」

するとレメリィが、げんなりした顔でカリスを擁護《ようご》する。

「いや、だって御大将《おんたいしょう》。あの子、近接戦闘ができる魔法使いに憧《あこが》れて、アンデューラでもそればっかやってたせいで、いろんなチームから追い出された、筋金入りの近接戦闘愛好家じゃないですか。今さら、剣で戦うなって言うほうが無理ですよ」

「そんな奴クビにしちまえ！　クビだぁ！」

「いやいや、うちのチームに入ってくれるような子って他にいませんからね。ボンゴさんが今年で卒業するから、あの子クビにしたらアンデューラに参加できなくなりますよ」

そもそも全部知っててチームに入れたのあんたでしょうが。なんで毎回、初見みたいに怒れるかな、とレメリィはザルドの妙に器用な性格に感心しながら呆れた。

＊　＊　＊

カリスさんを倒したあと、ようやく落ち着いて私は起き上がる。

足を怪我してるせいで、やっぱり歩きにくい。

「よっ……と……わわ……」

いつもと動きのバランスが違うみたいだ。現実なら歩けないぐらいの怪我だから、歩けるだけマシなんだけど、これからのことを思うと、もう少しだけうまく動きたい。

天輝さんの言葉を思い出す。

『神が与えたものだけあって、剣を持ったときのお前は運動神経や動作感覚が信じられないほど強化されている。もはや補正と言っていいレベルでだ』

試しに鞘《さや》にしまった剣をまた出してみる。

すると歩けた。さっきよりスムーズに！

「大丈夫か!?」

カリギュさんが心配そうな顔で私のもとに走ってきた。

私は「大丈夫です！　この通り！」と答えて、カリギュさんの前でダダダンと走ってみせた。一度感覚を掴《つか》むと、剣がなくてもできた。

「お、おう……。なんかすごいな……」

木の破片が突き刺さった足で元気に走る私に、カリギュさんがちょっと引いた顔をした。

「ザルドチームはあれから動いてない。例の風のせいで動くと連携が取りづらいってのもあるだろうが、そもそもどっしりと構えて、こちらを迎え撃って勝つつもりなんだろうな」

それもそうだろうなって感じだ。

魔法の撃ち合いはあちらが圧倒的に有利なのだ。無理して攻めてくる理由はない。でも、こちらにとっても助かる話だ。今、畳みかけられていたらヤバかった。

「サルデンたちの準備はできてる。いくか？」

「はい」

私はこくりと頷《うなず》き、作戦に必要な最後のピースをカリギュさんに手渡す。

合図を送ると、サルデンさんたちの魔法が発動する。

それから数秒後、最初の位置で待ち構えているザルドさんたちが耳を押さえた。

「おいっ、なんだこりゃ!?」

たぶん一瞬、耳鳴りがしたのだと思う。

それに気を取られてる間に、私は距離を詰める。

「御大将《おんたいしょう》！　カシミアくんの風が！」

レメリィさんとザルドさんは今までカシミアくんの放つ風の中に立っていた。

カシミアくんを安心させるためだろうけど、私の透明の布《アヴィジーバ》への対策も兼ねていたのだろう。しかし、耳鳴りが収まったあと、二人の体は暴風の範囲内から抜け出していた。

「こ、これは……!?」

カシミアくんが自分の周囲を見て呆然と呟《つぶや》く。

今、カシミアくんが纏《まと》う嵐の壁は、その形をいびつに変えていた。カシミアくんの正面では一メートルの厚さしかなくなり、背中側ではその分、ぶ厚くなった暴風が吹き荒れていた。

正面側が極端に薄くなった風は、私への感知能力を低下させている。

最短距離で一メートル。たとえ私を感知できても、そこはもう攻撃の届く範囲だ。

これが私たちの立てた作戦だった。

攻撃的な魔法の撃ち合いでは、私たちに勝ち目はない。先手をいくら打っても、後手のカシミアくんが対処してくれれば、力の差で押し返される。

でも、もうちょっとふわっとした魔法ならどうだろう。例えば一定の範囲に高気圧を発生させる魔法。ダメージなんて与えられない、せいぜい耳鳴りを起こす程度のもの。

そんな魔法は受ける側も、どう対処したらいいのかわからない。

そもそも対処する必要すらない魔法のはずだった。でも、この戦いでは違う。

カシミアくんの風は、上昇気流、つまり低気圧を伴《ともな》って発生している。だから、高気圧をぶつければ、形を変えることができてしまう。

しかも、暴走の結果起きてることだから、自分の意識では制御できないので、対処はできない。

　これで透明の布《アヴィジーバ》が使える。

　カシミアくんは焦った表情で叫ぶ。

「ザ、ザルドさま！　どうしましょう！」

　ザルドさんは腕を組み、強い調子でカシミアくんに言う。

「落ち着きやがれ……。来るぞ」

　私は建物の陰から飛び出し、わざと彼らに見せつけるように、透明の布《アヴィジーバ》を発動させた。

『アムズ』

　私の姿が周囲の景色に溶けて消えていく。

　不安そうな表情のカシミアくんに、ザルドさんが言う。

「安心しろ、お前は俺たちが守る」

「そうですよ、私たちが壁になります。カシミアくんは私たちごと敵を倒してください」

　ザルドさんとレメリィさんが本当の壁のように、カシミアくんの正面に立った。

　カシミアくんへ攻撃が届くルートが塞《ふさ》がれる。

　一撃当てるには、先に二人のうちどちらかを倒さなければいけない。とはいえ、私が姿を現せば、カシミアくんともう一人の魔法の標的になる。これではカシミアくんを倒すのは厳しい。

でも、私たちはその行動を想定済みだった。

私は姿を隠したまま、その場に待機。

そして警戒されてない背後から、カリギュさんがカシミアくんの風の中に突撃する。

「えっ!? う、うしろ!?」

予想しない方向から敵が来るのを感知して、カシミアくんが驚き振り返る。カリギュさんは加速魔法を発動させながら、カシミアくんに迫る。それを確認したザルドさんが叫んだ。

「こいつはおとりだ! 惑わされんなよ、レメリィ! 前から来るぞ!」

二人はすぐに正面に意識を戻す。

おとりとはいえ敵なのだ。なのに、なぜ二人はすぐにカリギュさんから意識を外したのか。

それは魔法の同時発動が高度な技術だからだ。

私たちの年代だと、ソフィアちゃんたちぐらいしかできない。

ここからカリギュさんがカシミアくんに攻撃するには、一旦加速魔法を解き、それから新しい魔法を詠唱《えいしょう》しなければならなかった。そして魔法の撃ち合いなら、カシミアくんが勝つ。

それよりも、唯一カシミアくんを倒せる私に警戒を向けるのは当然だった。

カシミアくんですらそうだった。カリギュさんをすぐには倒さず、私からの攻撃に備えている。

すべてが私たちの思惑通りだった。

カシミアくんの目前に迫るカリギュさん。そのままではカシミアくんを倒す術《すべ》はないはずだった……。しかし、カリギュさんは懐《ふところ》から、一振りの剣を取り出す。

星の模様をもつ青い鞘《さや》に収まった剣——風不断《フーチェイ》。

そう、今、風不断《フーチェイ》を持ってるのは私じゃない、カリギュさんだ。

これが私たちの考えた作戦。風不断《フーチェイ》の受け渡し。

透明の布《アヴィジーバ》で私が相手の意識を引きつけ、風不断《フーチェイ》を持ったカリギュさんがカシミアくんを倒す。

私たちの準備した、敵の意識からは見えない不可視の刃《やいば》。

「なっ……！」

カリギュさんが風不断《フーチェイ》を持っていることに、カシミアくんが気づいたときは遅かった。

風不断《フーチェイ》の突きがカシミアくんに放たれる。

「うわぁっ！」

カシミアくんが反射的に伸ばした腕が、カリギュさんの突きをまぐれで受け止めた。

二人はそのまま地面に倒れ込む。

「くぅっ!!」

「ううぅっ……！」

もみ合いになったけど、体格差からカリギュさんが押し切るのは時間の問題だった。

「ちっ！　しくじった！」

「カシミアくん！」

それはたぶん、ザルドチームの二人が、カリギュさんを倒す魔法を完成させるより早い。

「うぉおおおおお!!」

カリギュさんが剣を押し込む。風不断《フーチェイ》の刃《やいば》が、カシミアくんの首もとまで迫る。

それを見たカシミアくんは、何かを決心した表情で叫んだ。

「ザルドさま、レメリィさま、ごめんなさい！」

次の瞬間、カシミアくんの周囲の風が、爆発するように荒れ狂った。

ザルドさんも、レメリィさんも、そしてカリギュさんもその風に吹き飛ばされる。

魔力を制御から解き放ったのだ。あれほど魔力を暴走させることを恐れていたのに。

周囲を傷つけることを恐れていたのに、それを利用してピンチから脱出した。

吹き飛ばされていくカリギュさんの手から、風不断《フーチェイ》が離れて地面に落ちる。

カシミアくんはすぐに本物の暴走を収めると、ザルドさんたちに話しかけた。

「だ、大丈夫ですか……!?　ザルドさん！　レメリィさん！」

「おお、大丈夫だ。むしろ、ナイスだぞ、カシミア！」

「いたた、はい、大丈夫ですよ！　カシミアくん！」

ザルドチームは全員無事だ。しかも、一度激しく暴走したせいか高気圧の効果も消えていた。

私たちの作戦は失敗だ。

レメリィさんが地面に落ちた風不断《フーチェイ》を見つける。

「あれを確保すれば、私たちの勝ちです！」

そう言って風不断《フーチェイ》を拾おうと、近づいてきた。そんな彼女に、カシミアくんが叫ぶ。

「だめです、レメリィさん！　そっちにエトワさんがいたんです！」

「へっ？」

その通り。

私は風不断《フーチェイ》を拾い上げると、レメリィさんを逆袈裟《ぎゃくげさ》に斬った。

「し、しまったぁっ……」

呆然とした表情で、レメリィさんが退場していく。

でも、それが目的じゃない。私はそのままカシミアくんへと走り出す。

一撃、たった一撃、当たればいい！

「ここは通さねぇぞ、クソガキ！」

ザルドさんが私の前に立ちふさがる。

私は突きを放った。それはあっさり、ザルドさんのお腹に刺さる。

しかし、ザルドさんはそのまま剣を持つ私の手を、両腕で押さえ込んできた。

しまった、単純な力比べなら相手が上だ。これじゃあ、剣を動かせない。

相手の体に刺さってるので持ち替えることもできない。

「へへ、俺様は魔法はクソみてーに得意じゃねぇけどよ、喧嘩《けんか》なら大の得意だぜ！　このままてめぇと一緒に落ちりゃ、うちのチームの勝ちよ！」

掴《つか》まれた腕から、ザルドさんの体が急激に熱を帯びていくのが伝わってくる。

たぶん、自爆する気だ。

ザルドさんは血を吐きながら、カシミアくんのほうを見る。

「カシミア……」

「ザルドさま！」

「一人になっても折れんじゃねーぞ！　この俺様が応援してやってるからな！」

その体から高い熱量が漏れ始めるのを感じる。

まずい、やられる。そう思った瞬間。

「エトワさま！」

いきなり飛び込んできたゾイさんが、掴《つか》まれていた私の腕を引き剥《は》がした。

そのままザルドさんの体を押さえる。

「ちっ、うぜぇ！」

そして背後から、加速魔法を発動させたカリギュさんが私の体を引っ張り上げる。

「カリギュ、エトワさまを頼む！　カシミアを倒せるとしたら、エトワさましかいない！」

「カシミアーーー！　お前なら勝てる！」

魔法の爆発が起き、ザルドさんとゾイさん、二人の姿が消えていった。

カリギュさんに抱えられ、私はその場を離れていく。

「ザルドさま……」

遠ざかる景色の中、カシミアくんが一瞬、悲しそうにザルドさんがさっきまでいた場所を見つめた。けれどすぐにこちらを見て、二本の指を向けてくる。

「カリギュさん、カシミアくんの魔法がきます！」

「ちぃっ！」

『風突槍《アトゥル》！』

巨大な風の槍《やり》が、凄《すさ》まじい速さで私たちに迫ってくる。

だめだ、追いつかれる。

「クソがっ！」

カリギュさんが無理やり方向を変えるように横へ飛んだ。さっきまでいた場所に風の槍《やり》が刺さり、大爆発が起きた。私たちは吹き飛ばされる。

「ううっ……カリギュさん、大丈夫でしたか？」

起き上がった私は、すぐに心眼で状況を確認した。

カリギュさんはまだ生きていた。……けれど、その太ももから下が、ほとんど消失してしまっていた。そして私も、左肩から先がなくなっていた……

＊　＊　＊

アンデューラのフィールドに風が吹く。

カリスが倒され、レメリィも倒れ、ザルドも消えていった。

この場所でカシミアは一人になってしまった。

「ザルドさん……レメリィさん……カリスさん……」

彼らが試合前にくれた言葉を思い出す。

『こっちに風がぶつかる？　気にすんな。貴族の世界はぶっ飛ばされる奴がわりーんだよ！』

『私たちと一緒に徐々に慣れていきましょう。きっといつか制御できるようになりますよ』

『俺は気にしてないよ。むしろ面白い。遠慮なく魔法を使ってくれ！』

ずっと、自分の魔法で誰かを傷つけてしまわないか心配だった。

周りの人は貴族ばかりだったからなおさらだった。

怒られることも、傷つけることも、どちらも怖くて、魔法を使わずにいたら、話しかけてくれる人もどんどんいなくなって、周りから孤立してしまった。

それからは、一人ぼっちだと思っていた。

魔法をうまく使えない自分はずっとそうなんだと。ザルドのチームに入ってからも……

でも、違った。

ちゃんと自分を見てくれていた人がいた。一緒にいてくれようとしていた人たちがいた。

自分の殻に閉じこもっていた自分は、それにも気づけなくて。

「でも、そんな僕をザルドさんたちはずっと待っててくれた！」

カシミアの目から、また涙が零《こぼ》れる。泣き虫で、臆病《おくびょう》者で、そんな自分が嫌いだった。

でも、その青い瞳は今、しっかりと前を見つめていた。

「だから僕は勝ちます！　一人になったって！　居場所をくれたあの人たちのために！」

一人になっても、その戦意はまったく衰《おとろ》えていなかった。

サルデンチームとザルドチーム。人数は三対一。

しかし、依然としてザルドチームが圧倒的に優位だった。

＊　＊　＊

カシミアくんからの攻撃を受けたあと、私は必死でカリギュさんの体を建物の陰に引っ張っていた。

「んぎぎぎっ！」

足は怪我してるし、左腕もないから、引きずることしかできない。

でも、爆発による土煙のおかげで、カシミアくんからの追撃はまだなかった。

「おい、俺のことは放っとけ。どうせこのままじゃ長く持たん」

「でも、まだ生きてるじゃないですか。止血すればまだ持つはずですよ」

「どうせこの状態じゃ戦えない。それよりお前が生き残ることだけを考えろ。魔法じゃ勝ち目がない以上、あいつを倒せるとしたらお前しかいない」

私はきっぱりとお断りする。

「いやですよ。一人で責任もつなんて。生きてるならちゃんと手伝ってください」

私はカリギュさんの体を建物の陰に運び終えると、彼の服を切って包帯にし、残った右腕と口でなんとか結びつけて止血をする。カリギュさんは私の言葉に苦笑して言った。

「せいぜい、魔法を一発撃つぐらいが限界だぞ」

「十分です」

私はカリギュさんの服から、新しく布地を切り取ると、自分の腕も止血した。

「おい、ちょっと待て、なんで俺の服ばっかり使う。自分の服を使え！」

「いやいや～、私も一応女の子ですから～」

他の傷もカリギュさんの服から取れる布で止血する。

おかげでカリギュさんはへそ出しルックになってしまった。あら、おっしゃれ。

「まあ服の話は置いといて、大切なのはどうやってカシミアくんを倒すかですよ」

「全部、自分の好きなようにしてから置きやがって……」

私は考える。

正直、もう剣の間合いに入るのは難しい。

今の私たちには、あの魔法の攻撃を通り抜ける策も、機動力も存在しない。

「となれば、もう投擲《とうてき》で決着つけるしかありませんね」

結論はシンプルだった。もう、それしかできない故《ゆえ》に。

もともと投擲《とうてき》で倒す案はあった。

ただあの風の壁があるせいで、正確に狙いをつけるのが難しいこと、そして外せば、そこで負けが確定してしまうことから、私たちは風不断《フーチェイ》のスイッチ作戦を選んだ。

けど今の状況では、もう投擲《とうてき》での一発勝負にかけるしかない。

「当てられるのか、この距離で……」

カリギュさんの意見はもっともだった。

作戦を考えてたときも、こんな遠い位置からの狙撃は考えてなかった。

しかも、私たちは大怪我を負い、他の仲間からのバックアップも望めない。きちんと作戦を考えて実行したときと比べたら、命中率は格段に落ちるだろう。

というか、ほとんど不可能と言ってもいいかもしれない。

でも、やってみるしかない。

私は心眼に集中して、フィールド全体をサーチした。

天輝さんがいなくて調子が悪いせいか、一瞬、見えてる映像が乱れる。

でもちゃんと切り替わってくれた。

カシミアくんはまだ動いていなかった。こういうところに、まだ戦闘経験の浅さが出ている。魔法は強くても、移動や追撃の判断は遅い。

それでも正面から戦えば、私たちを軽く全滅させられるぐらい強いのだけど。

この距離を私の筋力だけで届かせろというのは無茶だ。

「カリギュさん、風不断《フーチェイ》の加速はお願いしていいですか？　方角は私が決めるので」

「ああ、それぐらいならできそうだ。でも、決めるってどうする」

それが問題だった。

こんな遠投《えんとう》の経験はない。いくら神さまからもらった才能でも、一発で当てるのは無理だろう。

でも、二度のチャンスはない。風不断《フーチエイ》は一本しかないし、投げればカシミアくんから位置を特定される。そのあと、私たちが生きてる保証はない。

一度で、一度っきりで、この投擲《とうてき》を正しい角度に投げなければいけない。

どうする……どうしたらいい……

どの角度に、どんな速さで投げれば当たるのか。風の影響はどう考慮したらいいのか。まったくわからない。あまりの難題に途方にくれて空を見上げる。

すると、視界に一瞬、変なものが見えた。

なにこれ……！

目がおかしくなったのかと思って、目をこする。

すると、そもそも開いてなかった。当たり前だった……

そうしてるうちに、視界に映る変なものがはっきりしていく。それは橙色《だいだい》の数式だった。

何かの計算をしようとしてる？

もしかして、と私は思った。これこそが、私の求めてる数式——いつもは天輝さんが処理してくれている情報ではないだろうか。

これを解けば、きっとカシミアくんに攻撃を当てるための角度がわかる。

そう、これを解けば……って、無理だよぉおおお！

なんか見たことのない記号とかあるし、絶対無理！

心の中でそう叫んだら、表示される数式がちょっと簡単になった。たぶん高校生レベルの微分積分。代わりに計算の量が増える。

私はそれを見て心の中で呟《つぶや》く。

もう一声なんとかなりませんか？

すると大量の計算問題がずらっと並び始めた。

めちゃくちゃ多い、でもこれなら解ける！　でも本当に量多い！　でも解くしかない！

「ぬぁあああ！」

「おい……どうした!?　大丈夫か……！」

「大丈夫です！　だからちょっと集中させてください！」

「お、おう……」

私はとにかく根性で一つ一つ計算式を解いていく。

そうしてる間に、カシミアくんがついに動き出した。

こちら側に向かってくる。

まずい、位置を悟られたら魔法でやられて終わりだ。

そう思っていたら、横から魔法の一撃がカシミアくんを襲った。

サルデンさんだ。カシミアくんを止めるために、その前に立つ。でもサルデンさんの撃った魔法は、あっさりと障壁《しょうへき》で止められた。カシミアくんが反撃の魔法を唱える。

二戦目で私たちを全滅させた大気圧縮弾《エアーボム》の魔法。

二本の指がサルデンさんに突きつけられる。

するとサルデンさんは準備しておいた加速魔法を発動させる。

『大気圧縮弾《エアーボム》』

強力無比な爆発がサルデンさんに襲いかかる。しかし、サルデンさんは加速魔法で、その魔法が致命傷になる範囲から逃れていた。吹き飛ばされ、傷は負ったものの、また立ち上がる。

「ソフィアさまに訓練していただいたのだ。簡単にはやられんよ！」

サルデンさんがカシミアくんの注意を引きつけてくれる。

今のうちに、早く計算を終えないと！

「んぎぎぎぎ！」

ひたすら計算してたら、鼻から血が出てきた。これ、すごく脳に負担がかかるっぽい。

カリギュさんも心配そうに見てるけど、止まるわけにはいかない。

何度かの攻防でサルデンさんは傷だらけになっていた。一方、カシミアくんは無傷。

それでも私はサルデンさんを褒めたい。あのカシミアくんを相手に時間を稼いでくれてるのだから。

それから何度目かの爆音を聞いたあと、最後の計算式がついに解けた。

「やったぁー！」

私の視界に矢印と、速度が表示される。それから投擲《とうてき》されたあとの軌道予測も。

その終着点は、カシミアくんだった。

あとは私とカリギュさんで投げるだけ。

立ち上がると、頭がくらっとする。でも、まだ意識を失うわけにはいかない。

カリギュさんに必要な数字を伝え、投擲《とうてき》の構えを取る。

左手を失い、右足は怪我、体のバランスは最悪。

思い通りに投げられるかは怪しい。そこはもう神さまにもらった才能にお願いする。

「こっちも……できたぞ……最後の……魔法だ……」

カリギュさんの魔法も準備できる。

その意識はもう消えかけてるようだった。

「いきます！」

私は右手を振りかぶり、風不断《フーチェイ》を空に向かって投げる。

「うぉぉ……」

それにカリギュさんの加速の魔法が乗った。

「いっけぇええええええええ！」

凄《すさ》まじい速さで風不断《フーチェイ》が空へと飛んでいく。

それは一度、空まで上昇すると、放物線を描き、カシミアくんのいる方角へと落ちていく。

そしてついに、あのカシミアくんが纏《まと》う暴風の壁まで到達し――

風不断が風を切り裂いた。

＊＊＊

魔法により加速された風不断《フーチェイ》は、上空を飛んだあと、カシミアの纏《まと》う風に突入していく。

（何かが来た……!?）

カシミアがその存在を感知したときにはすでに――

暴風に負けない速度をもって放たれたそれは、カシミアの体を貫《つらぬ》き、地面に刺さった。

大きく腹部を切り開く傷、致命傷だった。

（やられた……！）

その体が力を失い、崩れ落ち始める。

魔力の供給が途絶え、周囲を吹く風が止まる。

だが――

「まだだ！　僕は――！　ザルドさんたちに！」

その体が死を迎えるまでには、まだ時間があった。

必死の形相で、空へと突き上げた指から、魔法が放たれる。

『三風槍《トライト》！』

上空で三叉《さんさ》に分かれた魔法は、二本がエトワたちのもとへ、残り一本がサルデンへと向かう。

二本の風の槍《やり》が向かった先、エトワたちのいる場所では、力を使い果たしたカリギュが眠るように目を閉じ横たわっていた。その隣にはエトワも膝《ひざ》をつき、迫る風の槍《やり》を動くこともできず見る。

「あとはお願いします。サルデンさん」

二人のいる場所に、二本の風の槍《やり》が直撃する。

大きな爆発が起き、土煙が治まったころには、二人の体は消滅していた。

サルデンは落ちてくる風の槍《やり》を前進することで避ける。

カシミアはすぐに次の魔法の詠唱《えいしょう》を始めた。

「居場所をくれたあの人たちのため――！」

「三ヶ月一緒に戦ってくれたあいつのために――！」

カシミアの放った風の槍《やり》を、サルデンの魔法障壁《しょうへき》が斜めに弾《はじ》く。

サルデンはそのまま距離を詰め、全魔力を集中させた風の剣で、カシミアの体を貫《つらぬ》いた。


カシミアは控え室で目を覚ました。

目を開き、ザルドたちがいるのを見て、状況を察する。

自分が控え室にいるということは――

負けたのだ……勝てなかった……

青い瞳からぽろぽろと涙が零《こぼ》れ落ちる。

「ごめんなさい……勝てませんでした……ザルドさんたちが守ってくれたのに……」

せっかく一緒に戦ってくれたのに、最後の最後で負けてしまった。リーグも降格だ。

なのにザルドたちはカシミアを見つめて、なぜかにっと笑う。

ザルドが泣きじゃくるカシミアの頭をぽんぽんと優しく叩いた。

「そんな泣くんじゃねーよ！　謝る必要もねえ！　しっかり戦えたじゃねーか！」

「そうですよ、立派だったですよ！」

「でも、僕、負けて……」

「おいおい、次勝てばいい話だろーが！　一回負けたぐらいで、全部終わったような顔しやがって。言っとくが次のリーグですぐに戻って、そこからガンガン上がっていく予定だからな」

「そうそう。負けたって終わりじゃないんですよ」

負けたって終わりじゃない、その言葉で気づく。

まだこれからもみんなと戦っていくのだと。そういう仲間になったんだと。

カシミアは涙をごしごし拭《ぬぐ》った。そして笑顔を見せる。

「はい、ごめんなさい。これからもがんばります！」

「おう、お前とまともに戦える奴がいるようなリーグにいかなきゃいけねぇからな」

「いやー、そこを目指すなら、一時的にでも御大将《おんたいしょう》が抜けてくださると楽になるんですけどね。できれば、ボンゴさんがいるうちは補欠をお願いしたいんですけど」

「うん、御大将《おんたいしょう》は伯爵家のくせに魔法がダメすぎる」

「うるせぇ！　うちは人格で売ってる伯爵家なんだよ！」

「いやいや、御大将《おんたいしょう》が人格が売りとか冗談がきついですよ」

「そもそも、てめぇら俺の魔法に文句言う割には、ろくに活躍《かつやく》もせずやられてるじゃねぇか！　二人ともあの剣のガキにさくっと斬られやがって！　役立たずどもめ！」

「あ、あれはちょっと判断ミスしただけですよぉ！」

「御大将《おんたいしょう》もかっこつけといて自爆を誤爆しただけじゃないですか。大したことしてません」

「あ、あのぉ……ちょっと……みなさん、ううう っ、喧嘩《けんか》しないでくださーい！」

喧嘩《けんか》を始めてしまった三人を、カシミアが泣きそうになりながら止めに入った。

＊　＊　＊

「三ヶ月間、お世話になりました」

私はサルデンさんたちにぺこりと頭を下げる。

実は一週間前にはシーシェさまから、ニンフィーユ家からの物言いは取り下げさせたという連絡をもらっていて、いつでもやめることはできたのだ。

でも入れ替え戦までは参加させてもらった。

「いえ、僕たちのほうこそ、エトワさまのおかげで初めて昇格を果たせました」

「最初は迷惑だなんて言って悪かったな。楽しかったぜ」

「今はエトワさまとチームを組めてよかったと思ってます。とてもいい経験になりました」

ゾイさん、カリギュさん、サルデンさん、それぞれが嬉しい言葉をくれる。

でも勝てたのはみんなでがんばったからだと思う。みんな最後まで諦《あきら》めなかったし、誰が欠けていても勝利にはたどり着けなかった。ソフィアちゃんとの一週間の修業も大きかった。

あれのおかげで、カシミアくん相手にぎりぎりやられない立ち回りができたのだ。

ただそういう理屈は置いといて、今日は四人で勝てたのが嬉しかった。

「エトワさまがいなくなると、ちょっと寂しくなりますね」

「学校にはいますし、たまに応援にも行きますよ！」

明るく言う私に、サルデンさんがちょっと苦笑した。

「そうですね。今生《こんじょう》のお別れってわけではないですからね」

「また四人で会ったりするか」

これで私のアンデューラは終わったけど、桜貴会や生徒会に続いて学校で親しい人ができた。参加してよかったなぁって思う。


アンデューラの最後の試合が終わって、三日後、家にお父さまが来ていた。

しばらくこの屋敷に滞在するみたい。

呼ばれてないけど、私はお父さまの部屋の扉をノックする。

「誰だ」

「エトワです」

「入れ」

そんなやり取りのあと、私は部屋に入る。

目的は家宝の返却だった。持ってても仕方ないし、心臓にも悪いしね。

この三ヶ月間、一緒に戦ってくれた風不断《フーチェイ》と透明の布《アヴィジーバ》を丁寧に包んでお付きの人に渡す。本音を言うと、ちょっとだけ寂しいかもしれない。

「クロスウェルさまが貸し与えてくださった武器のおかげで、この三ヶ月無事に戦うことができました。ありがとうございます」

「いや、こちらこそ無茶をさせた。だが、アンデューラに参加するだけでなく、チームを昇格に導いた剣の腕、シルフィール家の人間の間でも高く評価されている。剣術道場を開くなら、資金を援助するそうだ。どうする？」

ええ！　そんな話が？　完全に我流《がりゅう》だし、人に教えられるモノではないよ。

「すみません、まだそういうのは……」

「そうか、了解した」

困って私が言いよどむと、お父さまはすぐに察してくれた。

ほっ、よかった……公爵家のコネクションって怖い……。趣味半分で剣を振り回してたら将来が決まりかけてしまった。お断りできてよかったけど、なんか断ったとき、少しお父さまの肩が落ちた気がする。

「…………」

「…………」

部屋に不思議な沈黙が訪れる。

とりあえず用事は済んだし、お父さまのほうからも何もないようなので退室することにした。

「それでは失礼します」

「ご苦労だった」

これでアンデューラの問題は全部解決——とはいかない。

なぜなら、シーシェさまとの約束がまだ残ってるのだ。

＊＊＊

リンクスはお昼休み、桜貴会の館を訪れた。

現在、パイシェンがトップを務める桜貴会では、シルウェストレの人間たちは治外法権的な立場にある。お互い家格の近い侯爵家、そうしたほうが都合がいいのだ。

だから、昼休みも桜貴会の館に行く必要はない。

なのにリンクスがこの場所に足しげく通うのは、好きな子がそこでよく食事をしているからだった。今日はよく一緒に桜貴会に行く（目的が一緒なだけで別に一緒に行きたいとは思ってない）ソフィアはいない。

不思議に思いながらも階段を上り、桜貴会のメンバーがお茶会をする部屋の扉を開ける。

いつも通りの行動。

でも、扉を開けた瞬間、そこにはいつもと違う光景が広がっていた。

「いらっしゃいませ～！」

なぜかそこには侍女がいた。

いや、侍女に扮《ふん》した少女たちだ。なお全員、見知った人間だ。

いないと思っていたソフィア、赤面するパイシェン、そして――

「いや～よく来てくれたね、じゃなくて来てくださいましたね、リンクスくん、じゃなくてリンクスさまぁ！」

なぜかリンクスが絶賛片思い中の少女が、侍女の服を着て出迎えた。その背後では何やら満足げな顔をしたシーシェがソファに寝そべり、侍女の格好をさせた女の子から接待を受けていた。

＊　＊　＊

扉を開けたリンクスくんがびっくりしてる。

そりゃそうだよね。私だけじゃなく、ソフィアちゃんやパイシェン先輩まで侍女の格

失格

好をしてるんだもん。しかも、ミニスカでちょっと現代チックなの。

クレノ先輩が伝えに来てくれたんだけど、シーシェさまのお願いはこうだった。

『エトワちゃんとパイシェンちゃんに侍女の格好をして一週間ご奉仕してほしい』

その内容を聞いて私はほっと胸を撫で下ろした。そんなことなら全然オッケー。

衣装も準備してくれていて、なぜか五着あった。多い分には困らないからいらしい。

ソフィアちゃんも『一緒にやります！』と言ってくれて二人で侍女に扮装《ふんそう》。ここまではよかったんだけど、パイシェン先輩の説得にはかなり手間取った。衣装を見せると――

『い、いやよ！　なんでニンフィーユ家の人間である私がそんな格好を！　絶対いやあ！』

ひどく狼狽《ろうばい》した表情でそう叫んだ。

まあパイシェン先輩ってこういうの嫌がりそうだもんね。おまけにちょっとミニスカだしね。

『いや～、でもでもシーシェさまからのご指示ですし～』

『シーシェさまからのご指示でもよ！』

『でも、私もパイシェン先輩も今回、シーシェさまにはかなりお世話になりましたよね』

『うっ……うう……』

説得すること二十分、根負けしたように震える手つきで衣装を取った。

『わかったわよ！　着るわよ！　着ればいいんでしょ！』

『いや～、ありがとうございます』

両手を揉みながらお礼を言うと、パイシェン先輩は私を睨《にら》みながら言った。

『ただし笑ったら殺す！』

それに『笑いませんよ～』なんて私は返したんだけど――

そういうことがあって、パイシェン先輩とソフィアちゃんの小等部二大美少女の侍女姿に、わざわざ小等部に来てくれたシーシェさまもご満悦《まんえつ》だった。

ただクレノ先輩もついてきて、シーシェさまの食事の世話をするための移動式調理台なるもので料理を作って、みんなに振る舞いだしたせいで、桜貴会の館は若干カオス。

格式高い貴族のための館が、ちょっといかがわしい大衆レストランみたいになってしまった。

そんなところに迷い込んでしまったリンクスくんが目を丸くするのも仕方なし。

ソフィアちゃんはシーシェさまのお世話を、パイシェン先輩は赤面して立ちんぼしてるだけなので、私がリンクスくんのお相手をしてあげるしかない。

「さあ、どうぞどうぞ～、こちらです、リンクスさま」

私はリンクスくん、改めリンクスさまをお席に案内する。ぐいぐいっと～。

「なにしてるんだよ！　おまえ！」

「シーシェさまのご命令で、この館を訪れた方にご奉仕をしているんですよ？」

「ご、ご奉仕⁉」

「はい、あんな風にさせていただきます」

私はソフィアちゃんを例に見せる。

「はい、シーシェさま、パフェですよ、あーん」

「うふふありがとう。あーん」

クレノ先輩が作ったパフェを、ソフィアちゃんがシーシェさまにあーんして食べさせてる。侍女服姿のソフィアちゃんは本当に可愛い。これは極楽だろうなぁ。

一方、怒りか恥ずかしさかで顔を真っ赤にして、その場に固まってるパイシェン先輩も可愛い。

でも――

その姿を見ていると、思わず笑いがこみ上げてきてしまう。

ぷぷっ……あのプライドの高いパイシェン先輩が、じ、侍女の格好をして……

「笑うなっ！」

「ぶべらっ！」

笑いそうになったら、急にスイッチがオンになった先輩からお盆が飛んできて顔に直撃した。

「とても可愛らしくていらっしゃいますよ、パイシェンさま」

「ずみません～」

「うるさい!!」

プルーナさんが褒めるけど、パイシェン先輩はガルルッと威嚇《いかく》するだけ。本当に可愛いんだけどねぇ。まあこれ以上怒らせると、命に関わりそうだから我慢しよう。

「それでは、リンクスさまは何をご注文なさいますか～？」

私は間に合わせで作ったメニューをリンクスくんに渡す。

部屋の片隅ではクレノ先輩が、お湯の沸いたお鍋に満足げな顔をしてパスタを投入していた。あの人、一体どこに行く気なんでしょうね……

「弁当あるから……」

「それでしたら、デザートにアイスクリームパフェなんていかがでしょう、リンクスさま」

「じゃあ、それで……」

リンクスくんからのオーダー承《うけたまわ》りました。

それをクレノ先輩に伝えると、クレノ先輩は冷凍室みたいな場所からアイスを取り出し、手際よくパフェを作ってくれる。ほんとこの人、何がしたいんだろう……。

「お待たせしました」

私はアイスクリームパフェをリンクスくんにサーブすると、ふと思いつきでフォークを握った。

「なんだよ」

「はい、リンクスさま、あーん！」

すると、リンクスくんはめちゃくちゃ動揺して怒り出した。

「なっ、バカ！　やめろ！　バカ！」

うーん、やっぱりソフィアちゃんやパイシェン先輩みたいな美少女じゃないとダメか。せめてご奉仕される幸せを、リンクスくんにもおすそ分けしたいと思ってたけど。役者不足でした！

「ウェイトレス！　季節の野菜パスタをおかわり……！」

がっかりしてたら、結構前からここに来ていて、パスタをもう三皿ほど完食しているミントくんから追加注文がきた。

「はいは～い！　お待ちくださいね、ミントさま」

「うむ……」

動けるのは私だけなので、給仕の仕事をしに行く。

アンデューラの日々も楽しかったけど、やっぱりみんなと過ごす日常が一番楽しいよね。

書き下ろし番外編

普通の貴族の何気ない日々

季節が秋に入り始めたころ、エトワと共にアンデューラを戦ったチーム、そのリーダーであるサルデンのもとに手紙が届いた。

『季節の変わり目、いかがお過ごしでしょうか。風邪をひきやすい時期なので、体調には気をつけてください　エトワより』

とりあえず、自分の健康を心配してくれてることはわかるが、特に用件など書いてないその手紙を読んで、サルデンは首をかしげた。

翌日、学校にやってきたサルデンは教室の前の廊下でチームメイトと顔を合わせる。

カリギュとゾイ、彼らも何か言いたげな表情でこちらを見ていた。

「やっぱりお前たちのところにもきていたか」

手紙をかばんから取り出して見せたサルデンに、カリギュも同じ紙をひらひらさせて言う。

「あいつどういうつもりだよ」

念のために確認してみたが、文章もまったく一緒だった。

手紙を両手で握って、胸の前で見せていたゾイが言った。

「直接聞いてみたら？」

その言葉にカリギュが「そうだな」と頷《うなず》き、すぐさま渡り廊下の窓をガラッと開けて、大きな声を出した。

「おーい、エトワさま、この手紙はなんなんだよー！」

そこには手紙の差出人であるエトワが、ぽてぽてと歩いていた。学年は違うが、サルデンたちとエトワは同じブロンズクラスなので、何気に学校での生活圏が近かったりするのだ。

教室移動のときお互いすれ違ったり、ふとしたときに遠目で姿を見かけたりする。探せばだいたい二割ぐらいの確率で見つかる。以前は顔見知りではなかったので気にもしてなかったが、意外と接点はあったのだった。

声をかけられて気づいたらしく、エトワは糸のように細い目でこちらを見ると、笑顔でとてててと寄ってくる。

その様子にサルデンが呆れた表情でカリギュを見た。

「さすがに気安すぎないか？」

「ええ、なんでだよ」

カリギュはわけがわからないという表情で、サルデンを見返した。

廃嫡《はいちゃく》されているとはいえ、相手は尊敬する公爵家のご息女なのである。チームから離れた今、どういう距離感で接したらいいものか、ふと悩んだりしないのだろうか。友人のこういう図太さが、サルデンにとっては羨《うらや》ましくもあった。

そうこうしてる間に、エトワがサルデンたちのもとに到着した。

「どうしましたか～？」

独特の間延びした声が響く。

こうしてみると、魔法使い相手にアンデューラを戦い抜いた剣の使い手には見えない。

「どうしたも何も、なんだよ、この変な手紙は」

カリギュが手紙をひらひらさせながら、あらためてエトワに尋ねる。

エトワはえへへと頭を掻きながら言った。

「いや～、時節の挨拶の手紙でも送ろうと思ったんですけど、特に話題が思いつかなくて、そのまま送っちゃいました」

「そのままってお前なあ……」

自然とフランクなやり取りをするエトワとカリギュ。どうも二人は相性がいいようだった。エトワと一緒にチームを組んでいたときも、チームで一番仲良く話せていたと思う。

「せっかくご縁ができたんだから、時節の挨拶ぐらいは欠かさない関係になりたいなあと思ってたんですよ。でも、あらためて手紙を書いてみると、カリギュさんたちのこと、あんまり知れてないいんだなあって」

悩む表情をしながらも、結局手紙は出してしまってるのだから、彼女らしいといえば彼女らしい。元チームメイトたちも、一緒にいた数ヶ月でエトワのおとぼけた性格は把握していた。

「そういえばあれ以来、集まったりはできてなかったですね」

ゾイがエトワの言葉に頷《うなず》いた。

別に疎遠にしようとしていたわけではない。学校で顔を合わせたときは、ちょっと話をすることもあった。でも学年が違うせいで、壁ができていた部分はあったかもしれない。カリギュのフランクな態度に物申してしまったこともあってか、サルデンもエトワとの関係について再考してしまう部分があった。

彼女の立場は複雑だ。その立場に置かれている彼女自身も面倒くさいだろうが、周りの人間にとっても面倒くさい。特に風の派閥《はばつ》に所属する自分たちにとっては。

本来、シルフィール家の人間というのは、自分たちにとって信奉の対象に近い存在なのである。エトワも本来はそうなるはずだった。当代、最強の魔法使いであるクロスウェル公爵の魔法の才能を引き継ぎ、公爵家の後継者として認められていれば、彼女はこの学園で神のように崇《あが》められる存在になっていただろう。

今の彼女の姿をみると、そんな姿は想像できないが。想像できない原因は、彼女の現状の立場というより、ほぼ人格面からくるものだった。彼女の性格はこんな状況でも、案外元のままなのかもしれない。

思考がそれてしまったが、サルデンたち風の派閥《はばつ》を構成する貴族にとって、彼女の取り扱いが面倒くさいのは客観的事実である。だから、彼女が大切な元チームメイトであるという気持ちとは裏腹に、もしかしたらこれ以上、距離を縮めようとすることを避けようとする無意識な心の働きがあったのかもしれない、そんな自分に対する疑念がサルデンの中に浮かんだ。

それは、少し彼女への罪悪感を呼び起こすものだった。

相手は自分たちのことを大切に思ってくれて、縁を繋ごうとしてくれていたのに、自分のほうは関係を成り行き任せのまま、遠くに置こうとしていた。

「ふむ……」

「お、どうした？」

顎《あご》に手を当ててため息に似た声を出したサルデンに、カリギュが首をかしげた。

「せっかくだし、今日の放課後はエトワさまと遊びに行ってみるか」

そう言ってみて、サルデンは自分が先走ってしまったことに気づいた。エトワの予定をまだ聞いてなかったのだ。用事があるかもしれない。

「え、いいんですか？　行きましょう！」

しかし、あっさりとエトワはその提案を承知する。

「サルデンがそんな誘いをするなんて珍しいな」

カリギュが笑いながらそう言った。

「どういう意味だ」

しかめっ面でそう返しながらもサルデンは思った。友人たちもサルデンがエトワと無意識に距離を取ろうとしてたことを気づいていたのかもしれない、と。

＊　＊　＊

学校が終わり、あらためて四人は集まっていた。

校門への道から脇にそれた場所にある木の下に集合している。周りでは下校中の生徒たちが、楽しげに談笑しながら歩いていた。

エトワたちに注目する生徒はいない。サルデンたちはルーヴ・ロゼではごく普通の生徒だし、エトワは多少は目立つ存在だが、最近ではよっぽどのトラブルを起こさない限りは衆目を集めることはなくなっていた。もちろん、ソフィアたちといるときは、しっかりと衆人環視状態になってしまうのだが……

そういうわけで四人とも気楽に、アンデューラの思い出話をしていた。

その話もひと段落ついたころ、カリギュが本題を切り出した。

「それでどこ行くよ」

急に決まったので、どこに行くかも決めていないのだった。

「エトワさまはどこか行きたいところありますか？」

ゾイに問われたエトワは、手を挙げて答えた。

「はいは～い、先輩たちがいつも行ってるところがいいです！」

「こいつ、急に先輩とか言い出しやがった」

カリギュが呆れた顔をする。アンデューラ中は『さん』付けで呼ばれて、『先輩』なんて呼ばれることはなかった。そもそもこの学校での人間関係は、貴族同士の付き合いが主だから、『先輩』という呼称はあまり使われることはない。使う者が皆無というほどでもないが……

自分たちがそう呼ばれる立場になってみると、ちょっと珍妙な気分だった。

「それじゃあ、いつもの店に行ってみるか」

行き先は決まった。

校門を出て、西に向かう。しばらく歩くと、エトワはキョロキョロ周りを見回し始めた。彼女は視力がなく、心眼という能力で周りを見ているらしいが、目で見ているのと同じように顔や表情が動く。

「へ～、こんなところにもお店が集まってたんですね～」

サルデンたちが歩いている場所は、この町ルヴェンドのメインストリートというよりは、隠れ家的なお店が集まってる場所だった。

「ソフィアちゃんたちとは町の中央のほうに遊びに行くから知りませんでした」

「それだよ！」

エトワの言葉に、カリギュがズビシッといった感じに指を差す。

「それ？」

「五侯家《ごこうけ》の方々が遊びに来るから、町の中央のほうには行きづらいんだよ、俺たちは！」

貴族と平民が暮らすこの町にはいろんな遊び場がある。貴族しか入れないような高級商業区もあるが、平民も貴族も一緒に利用する繁華街もある。どちらを利用するかはその貴族たちの性格にもよるが、サルデンたち世代の五侯家の人間は庶民派が多かった。

ソフィア、リンクス、ミントが庶民派なのは有名な話だし、クリュートについても本人は高級嗜好《しこう》だが、庶民派の貴族たちに付き合うのも嫌がらないという話である。唯一、スリゼルについてはどちらなのかわからないといわれていた。そもそも、どこかに遊びに来ている姿を目撃した者があまりいないのだ。

「ええ、そうだったんですか!?」

「おい、カリギュ」

カリギュの言ったことは事実ではあるものの、エトワに話してしまえば、気を遣わせることになってしまうのは明白だった。

「それは……あの子たちが悪いわけじゃないとは思うけど……なんかごめんなさい！」

「いえいえ、僕たちが勝手にソフィアさまたちを前にすると緊張しちゃうだけなので、気にしないでください。ソフィアさまたちがそういうことを気にする方たちでないことは、本当はわかってるんです」

名前を覚えてもらっているし、風の派閥《はばつ》のパーティーで会えば、歓談する時間を取ってもらうこともある。ただ如何《いかん》せん、緊張するものはするのである。

命令によりチームをいじられたときは愚痴も出たし、思わずエトワにも冷たい態度をとってしまったが、王家の盾《たて》として国を守護するシルフィール公爵家と、それを補佐する五侯家を尊敬する気持ちというのは変わらない。

だからこそ、仲間内で遊んでいるとき、不意打ちで出会うことは心臓に悪いのである。

「だからいい場所教えてもらったよ～とか言って、あの方々に教えるんじゃねえぞ」

「は～～～い！」

どうやらカリギュは釘を刺したかったらしい。

エトワは大きく挙手をしてから、素直に頷《うなず》いた。機嫌を損ねた様子はない。ボケた面ばかり目立つが、そういう事情はきちんと呑み込んでくれるのが彼女なのだ。

＊＊＊

四人で馴染《なじ》みの店に入っていく。

席に座って注文をしたあと、エトワが店のある一角を見て目を輝かせた。

「へぇー！　ダーツなんてあるんですね～！」

彼女の言う通り、店にはダーツの的が置いてあった。店の飾りなどではなく、ちゃんと遊べるようにラインが引かれ、飲み物を置くテーブルと、点数の記帳台まで用意してある。

「遊べるんですか？」

「ああ、金払って矢を借りれば誰でも遊べるぞ。やったことあるか？」

「ありません！」

「じゃあ、投げ方を教えてやるよ」

そういうと、エトワとカリギュはピューとダーツのほうへ走っていってしまった。

その姿を見て、サルデンはため息を吐《つ》く。

「仲良いなあいつらは……」

「たぶん、あそこまでくると単純に相性がいいんだろうね」

ゾイも苦笑いしている。

「たまにあいつが羨《うらや》ましくなるよ。あいつみたいにもっと自由に振る舞えたらなって」

相手のことを大切な存在だと思っていても、自分と相手の立場や家同士の関係が気になってしまう。カリギュみたいにまっすぐ相手との関係に向き合えたら、そこにはどんな景色が見えるんだろうか。

「そこはサルデンのいいとこじゃない？　サルデンがカリギュみたいだったら、チームのリーダーがいなくなっちゃうよ」

ゾイはそう言いながら、二人がテーブルを離れてるうちに運ばれてきた食器を並べてあげている。

「そうだといいんだがな」

「どうしたの？　今日はやけに憂鬱《ゆううつ》そうじゃない」

「そうか？　いや、そうなのかもな……」

そう問われてみると、相手を大切に思っているという意識とは裏腹に、無意識に距離を取ろうとしていた、今さら気づいてしまった自分の性格が、意外とショックだったのかもしれない。

サルデンがまたため息を吐《っ》こうとしたとき、その顔の横をものすごい勢いで何かが通り抜けた。それは、サルデンの背後の壁に景気の良い音を立てて突き刺さった。

振り返り確認すると、それはダーツの矢だった。

反対側を向くと、青い顔をしたエトワと、ヤベェっという顔をしたカリギュがいた。

「あわわわわわわ、ごめんなさい〜！　怪我とかないですか!?」

「げげっ……お、おい、エトワさま、お前にあの投げ方はまだ早いって言っただろうが！」

「ええっ!?　さっきはちょっとやってみろって言ったじゃないですか！」

呆然となったのは数秒で、何が起こったか理解すると、サルデンは顔を崩して笑ってしまった。

向こうでは怒ったゾイに、ゲンコツされた二人がいた。

「変な投げ方教えないの！　エトワさまもですよ！」

「ごめんなさい〜〜〜」

「悪かったよ……」

シュンとするエトワと、ぶすくれるカリギュ。

「やれやれ、悩んでいる暇もないな」

サルデンは席から立ち上がると、服の袖をまくった。

「カリギュは大人しくしていろ。エトワさまには俺が投げ方を教える」

「は、は～い！　怪我とかありませんでした？」

「大丈夫ですよ」

そのあとは、ちゃんとした投げ方を覚えたエトワと一緒に、みんなでダーツゲームを楽しんだ。さほど点数は拮抗《きっこう》しなかったが、騒がしい二人がいるせいか、ゲームは大いに盛り上がった。

ゲームをやってる間に、注文したものも飲み終え、帰る時間になった。

四人で店を出る。

「サルデンさんってダーツが得意なんですね！」

ゲームではエトワとカリギュの二人は点を競っていたが、サルデンはひたすらトップを独走していた。

「そうなんだよ、なぜか無駄にうまいんだよ、こいつ！」

カリギュがサルデンを指差しながら、苦虫を潰したような顔で言う。最後のゲームの終盤、エトワにぎりぎり勝っていたカリギュだったが、最後にエトワのミラクルなスロウが決まり、逆転されて最下位に転落してしまったのだ。

「いや、得意なんて言われるほどじゃないですよ」

「いやいや、サルデンさんはダーツの才能ありますよ！　大会とかに出たらいい成績残せるかも！」

「うんうん、僕もそう思います。サルデンがダーツで負けているところ見たことないもん」

暇つぶしにやる程度だったので、自分が上手か下手かも気にしたことがなかった。でも言われてみると、負けたことはないかもしれない。

どうやらまた知らない自分の一面に気づいてしまったようだ。

でも、それはエトワとの距離の取り方に気づいたときのものとは違って、嫌な気分にはならなかった。

平凡な、普通の、風の派閥《はばつ》の貴族の一員として生きてきた。周りの仲間たちも同じで、平穏に過ごしてきたのかもしれない。彼女の存在は、その暮らしの外側からやってきたもので、心を掻き乱されることが多かった。

(そうか、こういう知らないことに気づけるのも、悪くないことなのかもな……)

ダーツで動いた疲労もあってか、一時期囚われていた憂鬱《ゆううつ》な感情は消えていた。意外と自分もゲームに熱中していたのか、いつの間にか上着を脱いでいた。

秋の風が、汗ばんだ体を吹き抜けていく。

それはとても心地よかった。

「また時間があったら一緒に行きましょうか、エトワさま」

「はいはい！　絶対誘ってください！」

自然と微笑みそう言ったサルデンに、エトワが嬉しそうな顔で頷《うなず》いた。

公爵家に生まれて初日に跡継ぎ失格の烙印を押されましたが今日も元気に生きてます！ 1

漫画 世鳥アスカ　原作 小択出新都

Regina COMICS

ISBN978-4-434-30004-2
B6判 定価：748円（10%税込）

本書は、2019年9月当社より単行本として刊行されたものに書き下ろしを加えて文庫化したものです。


この作品に対する皆様のご意見・ご感想をお待ちしております。

おハガキ・お手紙は以下の宛先にお送りください。

【宛先】

〒150-6008 東京都渋谷区恵比寿4-20-3 恵比寿ｶﾞｰﾃﾞﾝﾌﾟﾚｲｽﾀﾜｰ 8F
（株）アルファポリス　書籍感想係

メールフォームでのご意見・ご感想は右のＱＲコードから、
あるいは以下のワードで検索をかけてください。

アルファポリス　書籍の感想　検索

ご感想はこちらから

レジーナ文庫

公爵家《こうしゃくけ》に生《う》まれて初日《しょにち》に跡継《あとつ》ぎ失格《しっかく》の烙印《らくいん》を押《お》されましたが今日《きょう》も元気《げんき》に生《い》きてます！３

小択出新都《おたくでにーと》

2022年11月20日初版発行

文庫編集－斧木悠子・森順子
編集長－倉持真理
発行者－梶本雄介
発行所－株式会社アルファポリス
〒150-6008 東京都渋谷区恵比寿4-20-3 恵比寿ｶﾞｰﾃﾞﾝﾌﾟﾚｲｽﾀﾜｰ8階
TEL 03-6277-1601（営業）　03-6277-1602（編集）
URL https://www.alphapolis.co.jp/
発売元－株式会社星雲社（共同出版社・流通責任出版社）
〒112-0005 東京都文京区水道1-3-30
TEL 03-3868-3275
装丁・本文イラスト－珠梨やすゆき
装丁デザイン－AFTERGLOW
（レーベルフォーマットデザイン－ansyyqdesign）
印刷－中央精版印刷株式会社

価格はカバーに表示されてあります。

落丁乱丁の場合はアルファポリスまでご連絡ください。

送料は小社負担でお取り替えします。


ISBN978-4-434-31142-0 C0193